면왕 백리휴

무진등 新무협 판타지 소설

FANTASTIC ORIENTAL HEROES

면왕 백리휴 1

무진등 新무협 판타지 소설

초판 1쇄 찍은 날 § 2013년 6월 21일
초판 1쇄 펴낸 날 § 2013년 6월 28일

지은이 § 무진등
펴낸이 § 서경석

편집부장 § 권태완
편집책임 § 어정원
편집 § 박은정

펴낸곳 § 도서출판 청어람
등록번호 § 제1081-1-89호
등록일자 § 1999. 5. 31
어람번호 § 제2-2353호

주소 § 경기도 부천시 원미구 심곡2동 163-2 서경B/D 3F (우) 420-822
전화 § 032-656-4452팩스 § 032-656-4453
http://www.chungeoram.com
E-mail § chungeorambook@daum.net

ⓒ 무진등, 2013

ISBN 978-89-251-3333-1 04810
ISBN 978-89-251-3332-4 (세트)

면왕백리휴

1

麵王一絶体

무진등 新무협 판타지 소설

FANTASTIC ORIENTAL HEROES

도서출판 청어람

면왕 백리휴

작가의 말 —책을 읽기 전에……

　본래부터 면 요리를 좋아합니다. TV에서 라면 광고를 하기 전에 그보다 먼저 새로운 라면을 찾아먹게 되면 가슴이 뿌듯해 질 정도였습니다.

　이 소설 속에 등장하는 각종 국수들은 사실 청나라 때에 탄생한 것이 많습니다.

　예를 들자면, 원대에 탄생한 도삭면을 비롯한 몇 가지 국수를 제외한, 사천의 담담면이나 광동의 이부면, 또한 주인공이 만들고자 하는 납면(중국 발음상 라멘)도 청대에 만들어진 것입니다. 불과 이백여 년 정도밖에는 되지 않았습니다.

　특히 납면은 1900년 초에 회족 청년이 마자보가 만들었다고 전해지며 그것을 모태로 하여 후일 일본이 지금의 인스턴트 라면으로 만들었다고도 합니다.

아무튼 비교적 근세기에 만들어진 여러 종의 국수를 주인공이 활약하던 시기에 묶어놓은 건 순전히 재미를 위해서입니다.
　부디 이상하다고 타박하시지 마시고 재미있게 읽어주시기 바랍니다.

序

왕면
백리
휴

—성공이다.

노인은 만족한 듯 중얼거렸다.

그는 평생 동안 한 가지 일에 자신의 모든 것을 바쳐 왔고, 그것을 구현하기 위해 살아왔다고 해도 과언이 아니었다.

—마침내 이뤄냈다. 무한의 힘을 얻는 방법을……! 이것은 가히 인간의 능력을 벗어난 힘……. 한마디로 조화의 힘이며 가히 신만이 할 수 있는 전능의 거력이다.

겉표지에 '백리면요결(百里麵要訣)'라는 글자가 쓰인 한 권의 책이 그의 손에 쥐어져 있었다.

그것은 평생에 걸쳐 이뤄온 자신의 심득을 적어놓은 책으로 말 그대로 '백리면'이라는 국수를 만들어내는 방법이 수록되어 있었다.

꼬박 백 년이 걸린 일이었으나 마침내 노인은 자신이 이루고자 했던 경지에 도달하고야 말았다.

창문을 타고 고즈넉한 노을빛이 서재 안으로 들어와 의자에 앉아 있는 그의 얼굴을 붉게 만들었다.

―결국 이뤄내긴 했으나 내 할 일은 여기까지다. 아쉬운 것은 이것을 제대로 이을 후인이 없다는 것이다. 지금 가문에 있는 아이들로는 역부족일 터…….

노인은 의자에 앉은 채 지그시 두 눈을 감았다.

불현듯 궁금해졌다. 또한 걱정스러웠다.

과연 자신의 후예들 중 누가 있어 백리면요결의 가치를 알아낼까?

아니, 백리면요결의 가치를 안다고 해도 능히 이를 터득할 천부적인 자질을 가진 아이가 있기나 한 것일까?

―완성은 했으되 내 진전을 이을 후인을 두지 못했으니 결국 미완성인 셈이로구나. 마지막 순간에서야 이것을 깨닫다니……. 아아…….

노인은 내심 길게 장탄식을 했다.

동시에 그는 점차 자신의 단전에 가득 차 있던 내기가 흩어지는 걸 느꼈다.

그것은 지난 세월 동안 그가 쌓아온 내공이었다.

이미 새로운 무의 지평을 열어 신의 영역에까지 다다른 그였지만 그의 육체는 하늘이 내린 한계를 벗어날 수는 없었다.

그의 얼굴은 순식간에 생기를 잃어갔고, 호흡은 점차 느려지기 시작하더니 어느 한순간에 완전히 멈추고야 말았다.

노인은 죽었다.

백 년을 한 가지 목표로 살아온 그였으나 모든 것을 완성한 순간에 운명처럼 죽음이 찾아온 것이다.

아무도 노인이 죽었다는 것을 알지 못했다.

그의 가문은 최고의 세가 중 하나였지만 얼마 전부터는 쇠락의 조짐을 보이고 있었고, 또한 피로 이어져 온 혈손마저 귀해 몇 대째 독자만을 생산해 왔을 뿐이었다.

하나밖에는 없는 아들을 가주로 내세운 뒤 이렇게 서가에서 홀로 생활한 지도 벌써 사십 년, 결국 외롭게 임종을 맞이하고야 말았다.

이렇게 서재의 주인인 노인은 죽었으나, 서재는 노인을 보낸 뒤에도 백 번의 봄과 겨울을 맞이했다.

대다수의 많은 사람은 머릿속에서 노인에 대해 잊혀져 갔고, 그가 속해 있었던 가문 역시 그들의 기억 속에서 지워져 갔다.

그렇게 다시 이백 년의 시간이 흐르고야 말았다.

第一章

소년 백리휴

면왕
백리
휴

"자네가 서 노인의 소개로 왔다는 백리휴인가?"

섬서성의 성도인 서안(西安)에서도 손꼽히는 주루인 태원루의 총관인 양만보는 눈앞에 보이는 앳된 얼굴의 소년을 보며 두 눈을 가늘게 떴다.

그 앞에는 허름한 백의를 걸친 어린 소년이 담담한 얼굴을 한 채 서 있었다.

이제 열여섯이 된 소년 백리휴는 양만보의 말에 이내 고개를 끄덕였다.

"그렇습니다."

"한데 어제 오기로 한 것이 아니었나?"

"죄송합니다. 어제 피치 못하게 집안에 일이 생겨서……."

"서 노인이 보증한다니 믿을 수는 있겠군. 그래, 주방에서 일하고 싶어 한다고 들었는데 맞는가?"

"그렇습니다."

"자넨 매우 특이하군. 보통 이런 주루에 오면 점소이를 하고 싶다고 하게 마련인데……. 솔직히 내가 주루를 맡고 있어서 알지만 주방에선 웬만큼 실력이 있어도 눈에 띄지 않네."

"괜찮습니다. 제가 원해서 하는 일인데요. 한 가지 부탁드리고 싶은 건 소생은 집이 그리 멀지 않은 터라 당분간 출퇴근했으면 합니다."

"그거야 마음대로 하게. 하지만 적어도 아침 묘시까지는 주방으로 와야만 하네."

"명심하겠습니다."

"그럼 오늘은 너무 늦었고 내일부터 직접 주방으로 가게. 가서 장 숙수를 찾아가면 되네. 내가 말을 해놓지."

"감사합니다."

백리휴는 총관 양만보에게 고개를 숙여 인사한 뒤 다시 밖으로 나왔다.

한때 명망 높은 무가였던 백리세가의 자손인 백리휴.

바로 어제가 돌아가신 아버지의 삼년상을 마친 날이었다.

그리고 내일부터는 태원루의 주방에서 일할 수밖에 없었다. 목구멍이 포도청이라 먹고살기 위해서도 어쩔 수 없는 일이었다.

"아하……."

백리휴는 답답한 한숨을 내쉬고는 어디론가 바삐 걸어갔다.

＊　　　＊　　　＊

"포기했단 말이지."

"죄송합니다, 스승님."

"정말로 태원루의 주방에서 일하겠단 말이냐?"

"그렇게 되었습니다."

"허어……."

마을 유일한 서당인 정문서당의 훈장이자 주위에서 노송선생이라 불리는 노숙은 아쉬운 듯 무거운 신음을 내쉬었다.

좀 전 방 안에 들어온 백리휴의 안색으로 이미 짐작했으나 이렇게 직접 말을 듣고 보니 더욱 안타까운 생각이 들었다.

"휴아야, 우리 정문서당의 감생(監生:학교재적자)들 중에서 너의 학문 성취가 가장 뛰어나다고 할 수 있다. 너 정도의 실력이라면 얼마 뒤면 열릴 향시(鄕試)에서 장원은 문제없을 터. 그런데도 학문의 길을 포기하겠다는 말이냐?"

"소생이 조금 글을 읽었다고는 하나 어찌 내놓을 만한 실력이 되겠습니까?"

"말투로 보아하니 결심을 굳힌 게로구나."

노숙은 한숨을 길게 내쉬었다.

그가 직접 학문을 가르친 제자 중에 눈앞에 앉아 있는 백리휴보다 뛰어난 감생은 없었다.

가히 인중지룡이라고 할까. 조만간 있을 향시에 응시만 하면 거인(擧人)이 되는 건 시간문제에 지나지 않을 정도였다.

사실 향시는 보통 삼 년마다 팔 월에 실시하고, 향시에 합격하게 되면 그 이듬해 삼 월 황제가 있는 북경에서 회시(會試)를 치르게 되어 있다.

마지막으로 궁중 내로 들어가 시험을 보게 되는데, 그를 전시(殿試)라고 하며, 통과자에게 진사(進士)라는 칭호를 수여한다.

향시와 회시, 그리고 전시까지 거치게 되면 입신양명할 수 있으나 문제는 그러기까지 적지 않은 돈이 들었다.

'하긴 뒷바라지 없이는 향시를 치룰 여비도 마련하기 힘든 게 세상의 인심이다. 공맹을 수학한 학사가 돈을 벌기 위해 태원루의 주방에서 일한다니……. 그의 결심을 돌리지도 못하겠구나. 아아…….'

정문서당의 훈장인 노숙 역시 전시에 합격한 진사 출신이기는 했으나, 정확하게는 동진사 출신이었다.

전시에서 수석합격자를 장원(壯元), 차석합격자를 방안(榜眼), 삼석 합격자를 탐화(探花)라 했다. 이들 세 명을 제일갑(甲)이라 하여 '진사급제'라는 학위를 수여한다.

다음의 제이갑에게는 진사 출신, 나머지의 제삼갑에게는 동진사(同進士) 출신이라는 학위를 각각 주게 되는데, 일갑은 물론이고 이갑 출신들도 어느 정도는 관리로서 출세가 보장되어 있었으나, 삼갑 출신들은 그렇지 못했다.

출세해야 고작 하위말단 관리였고, 그렇지 못한 경우 대부분 '진사와 같다(同進士)'라는 이름만 안은 채 낙향하는 게 현실이었다.

노숙 역시 관리로서 출세하지 못한 채 고향인 이곳으로 낙향하여 이제껏 서당 훈장으로 살아왔으나, 제자들 중에서도 뛰어난 학문을 가진 백리휴에게 스승인 자신이 못다 이룬 꿈을 이뤄주길 은근히 기대하고 있던 실정이었다.

하지만 고작 가난한 서당의 훈장 선생에 지나지 않는 그에게 제자의 학비를 대줄 만큼의 경제적 여건이 되지 않았다.

"미안하구나. 못난 사부를 만나서……."

노숙은 목이 메는지 음성이 가늘게 떨렸다.

백리휴는 그런 노숙을 보면서 짐짓 밝은 표정을 했다.

"학문을 아주 포기하는 건 아니니 스승님께서는 너무 염려하지 마십시오. 당분간은 은자를 모은 뒤에 다음번엔 반드시 시험을 치르도록 하겠습니다."

"하나 다른 자도 아닌 네가 어찌 그런 일을 해야 한다는 건지……."

"괜찮습니다, 스승님. 직업에 어디 귀천이 있겠습니까?"

"물론 그렇기는 하다마는……."

"너무 심려하지 마십시오. 이제 그만 나가보겠습니다."

"그래."

노숙은 여전히 그늘진 얼굴을 한 채 고개를 끄덕였다.

백리휴는 그에게 절을 한 번 한 뒤에 방문 밖으로 나갔다.

닫힌 방문 안에서부터 노숙이 길게 내뱉는 장탄식이 나직이 들려오자 백리휴는 입가에 씁쓰레한 웃음을 떠올렸다.

'후후……. 정작 나보다도 내 주위에 있는 분들이 더욱 걱정하시는구나. 하긴 공부하는 학사가 난데없이 주방에서 일한다고 했으니 그럴 만도 하지.'

어쩌면 이번이 스승인 노송선생 노숙과 마지막 인연인지도 몰랐다.

내일부터는 태원루의 주방에서 일하기에 좀처럼 시간을 낼수 없기 때문만이 아니었다. 그저 이것으로 인연이 다했다는 느낌이 들었다.

"기다리고 있었어."

그때 뒤에서부터 나직한 소녀의 목소리가 들려왔다.

백리휴는 멈칫거렸다.

'운려(芸麗)…….'

그는 목소리만 듣고도 상대가 누군지 알 수 있었다.

그는 내심 가늘게 한숨을 내쉬고는 천천히 몸을 돌렸다.

그 앞에는 한 명의 백의소녀가 늘씬한 자태를 드러낸 채 서 있었다.

대략 열여섯가량 되었을까.

버들잎처럼 휘어진 아미에 반듯한 이마와 백설처럼 흰 피부에 작약을 깨문 듯한 붉은 입술 등. 실로 단순호치(丹脣皓齒)의 아름다움을 지닌, 그러면서 다소 차가운 인상을 주는 미소녀였다.

화운려.

그녀는 정문서당에서 백리휴와 동문수학하는 동기생이었다.

화운려는 그를 바라보며 입을 열었다.

"얘기 좀 해."

짧게 말한 뒤 그녀는 몸을 돌려 앞으로 걸어가는 것이었다.

따라오라는 뜻이다.

사실 백리휴가 정문서당으로 온 것은 스승인 노송선생 노숙에게 인사하기 위해서이기도 하지만 무엇보다 그녀를 만나기 위해서였다.

그는 방 안에서보다 더욱 무거운 얼굴을 한 채 그녀의 뒤를 따라갔다.

정자.

정문서당 뒷산 위로는 한 채의 작은 정자가 세워져 있었다.

정자라고는 하지만 그저 나무로 네 개의 기둥을 세운 채 짚단으로 지붕을 씌운 것에 지나지 않았다.

"태원루에서 일하기로 했다고 들었어."

화운려는 정자 앞에서 걸음을 멈추더니 느닷없이 입을 열었다.

백리휴는 그녀의 뒷등을 바라보며 짐짓 미소를 지어 보였다.

"역시 정문서당 내에서 최고의 정보통이라는 운려를 속일 수 없네."

"내게 왜 말하지 않았지?"

"뭐 그리 대단한 일도 아니고……."

"대단한 일이 아니라고?"

화운려가 홱 몸을 돌렸다.

여전히 차가운 얼굴을 하고 있으나 두 뺨이 약간 상기되어 있었다.

"백리휴! 그 대단한 일도 아니라는 의미가 네가 정문서당을 나가 학문을 관두는 게 나하고 관계없다는 뜻이야?"

"운려야, 이건 내 일이야."

"그래. 네 일이야. 하지만……."

화운려는 뭔가 그에게 말하려다 말고 붉은 입술을 지그시 깨물었다.

"내가 이제까지 화산파에 가는 걸 왜 늦추고 있었는지 너도 알고 있었잖아. 난 네가 향시에 합격하는 것을 보고 싶었어. 그랬다면……."

그녀는 가늘게 떨리는 음성으로 뒷말을 삼켰다.

잠시 그를 노려보던 그녀는 시선을 들어 푸른 하늘을 응시하며 가늘게 한숨을 내쉬었다.

"실망이야. 휴, 네게! 그리고 너를 기대했던 나 자신에게도……."

다시 그녀의 음성은 담담하게 변했으나 백리휴는 알 수 있었다. 지금 그녀는 몹시 화가 난 상태라는 사실을.

'운려야, 지금 내가 네게 할 수 있는 말은 아무것도 없다. 지

금 내 행동에 대해 아무리 말한다고 해도 넌 이해하지 못할 테니까……'

오 년 전 그녀가 정문서당 문을 들어서던 그날부터 둘은 늘 함께였다. 그것이 사랑이라는 걸 깨달은 게 불과 작년이었다.

그것을 깨닫는 순간 밤을 지새울 정도로 황홀해했으나 번민도 함께 시작되었다.

'그녀와 나는 어울리지 않는다. 난 고작 몰락한 가문을 일으켜 세워야 하는 가난한 빈털터리에 지나지 않지만 그녀는 화가장의 천금이니……'

사랑은 모든 것을 초월한다고들 말하지만 현실은 그리 녹녹하지 않았다.

애지중지해 키운 딸을 빈털터리에게 시집을 보낼 부모는 이 하늘 아래 없다고 봐도 과언이 아니니 두 사람의 사랑은 그 파국이 예견된 것이나 마찬가지였다.

화운려는 다시 시선을 내려 그를 주시했다.

"난 네가 좀 더 큰 꿈이 있으리라고 생각했어."

"운려, 너도 알겠지만 할아버지도 그렇고 아버지도 그렇고 이 일대에선 제법 이름을 날리셨던 면수(麵手:국수만 만드는 숙수)였다."

"그래서 너도 그렇게 되겠다는 거야? 난 네가 고작 면수로 만족할 줄은 몰랐다."

"후후… 네가 잘못 알았던 거야. 난 고작 그 정도밖에 안 되는 놈인걸."

백리휴가 씁쓰레한 웃음을 흘릴 때였다.

"하하, 사매 여기 있었구나."

돌연 낭랑한 웃음소리와 함께 그들이 있는 정자 쪽으로 누군가 빠르게 다가오는 게 보였다.

그들보다 한두 살 많아 보이는 백의청년.

짙은 검미에 관옥 같은 피부를 한 영준한 용모의 소유자였는데, 허리엔 한 자루의 검을 두르고 왼쪽 소매 끝에는 매화 문양이 수놓아져 있어 백의청년이 화산파의 무인임을 알 수 있었다.

"용 사형이시로군요."

화운려는 백의청년을 보며 가볍게 묵례를 했다.

용사문(龍獅聞).

백의청년의 이름이었고, 그는 화운려에게로 천천히 다가오며 입을 열었다.

"여기에 있는 줄 모르고 아까부터 찾았다."

"절요?"

"사매의 아버님 되시는 장주님께서 부르시더군. 아마도 화산행 문제로 사매의 결심이 어떤지 물어보시려고 하시는 거겠지."

"……"

그의 말에 화운려는 슬쩍 백리휴를 바라보더니 다시 한 번 입술을 깨물었다.

"많은 생각을 했어요. 그리고 조금 전에 결정을 내렸지요."

"어떻게 결정을 내리든 난 사매의 의사를 존중할게."

"화산으로 가겠어요."

말하면서도 그녀는 무의식중으로 백리휴에게로 시선을 던졌다.

그녀의 눈길을 받은 백리휴의 얼굴이 창백하게 일그러졌다.

이별. 그녀의 헤어짐이 이렇게 급작스럽게 찾아올 줄은 전혀 예상하지 못했었다.

"잘 생각했어. 아마 화장주님은 물론이고 사부님께서도 매우 환영하실 거야."

용사문은 매우 환한 얼굴을 했다.

화운려는 한동안 허공으로 시선을 던지더니 이내 몸을 돌렸다.

"돌아가요. 내일 떠나려면 준비를 해야 하니까요."

"그, 그런데……."

용사문은 멍하니 서 있는 백리휴을 바라보며 고개를 갸웃거렸다.

"갑자기 내가 나타나서 이상해진 것 같은데……. 그냥 가도 괜찮아?"

화운려가 담담히 고개를 끄덕였다.

"그럴 것도 없어요. 백리휴는 정문서당에서 사귀었던 가장 친한 친구예요. 화산파로 가기 전에 방금 작별인사를 했던 것뿐이에요. 이젠 돌아가죠."

그녀는 이내 산 아래를 향해 천천히 내려가기 시작했다.

용사문은 멈칫거리다 이내 그녀의 뒤를 따라 내려갔다.

백리휴는 그녀의 모습이 완전히 눈앞에서 사라질 때까지 멍하니 바라보고만 서 있었다.

그의 머릿속으로는 아무런 생각조차 떠오르지 않았다.

가슴이 아파왔다. 마치 예리한 비수로 가슴을 도려내는 것만 같았다.

그는 알고 있었다. 화산파로 간다는 것은 이제껏 그녀의 삶과 달라진다는 것을 의미하며, 또한 그것은 자신과는 영원히 다른 인생을 걷게 된다는 것이라는 것을.

아마도 그녀는 무인이 될 것이며, 그것도 대 화산파의 제자가 되어 천하에 명성을 떨치는 여협이 되리라.

그런 그녀와 달리 자신은 십 년, 아니, 백 년이 지난다고 해도 고작 태원루의 주방에서 일하는 미천한 존재에 지나지 않을 것이다.

"아아, 어쩌면 차라리 잘된 일인지도……. 어차피 맺어지지 않을 인연이니……."

그는 씁쓰레하게 웃으며 길게 한숨을 내쉬었다.

안녕, 영원히 안녕…….

열여섯.

처음 느껴본 사랑, 그리고 이별이었다.

＊　　　＊　　　＊

스스슷.

한줄기 바람이 불자 거의 정강이까지 자란 잡초가 이리저리
흔들렸다.

장원.

잡초가 무성한 그곳에 한 채의 장원이 흡사 폐가처럼 을씨
년스런 모습을 보이고 있었다.

백리휴는 잠시 착잡한 표정으로 장원을 바라보다가 이내 문
을 밀고 안으로 들어갔다.

장원 안은 엄청 넓었다.

가주만이 사용할 수 있는 위룡전까지 이십여 장 정도의 마
당이 있었다. 가문이 한창 잘나갈 때야 이곳에는 수많은 무인
으로 채워져 있었을 테지만 지금은 그저 이름 모를 잡초들만
으로 무성할 뿐이었다.

"휴우……."

주위를 두러보며 다시 한 번 한숨을 내쉰 백리휴는 위룡전
으로 가는 대신 뒤쪽으로 발걸음을 돌렸다.

위룡전 뒤쪽으로 걸어가자 낡고 오래된 커다란 서재가 나타
났다. 본래 서재란 보통은 전각에 딸려 있는 부속 건물로 실내
에 있게 마련이나 백리가에선 오래전부터 이렇게 외부에 서재
를 두고 있었다.

"오늘로 당분간 이곳은 오지 못하겠구나."

나직이 중얼거린 그는 서재 문을 열고 안으로 들어갔다.

오래된 고서들의 내음이 그의 코를 찔렀다. 그러나 그는 매

우 익숙한 듯 낯빛 한 번 찌푸리지 않은 채 서재 안을 둘러보았다.

서재의 사방으로는 책꽂이들이 세워져 있었고, 책꽂이에는 무수히 많은 고서들로 채워져 있었다.

고서들은 대부분 그의 가문인 백리가가 백리세가로 명성을 떨치고 있었을 때 사용되었던 무공들이 수록된 무서들이었다.

"백리신권(白鯉神拳)과 백절보(百絶步), 경천삼장(驚天三掌), 무극팔검(無極八劍)……."

그의 입에선 각종 무공 명칭들이 흘러나왔다.

사실 지금 말한 것들은 모두 백리세가의 가전절학들이었고, 과거에는 천하에 다시없는 절학 중의 하나로 손꼽히는 무공들이었다.

"그러나 백리세가의 내공심법인 무극팔단공(無極八段功)이 실전된 이상 별볼일없는 삼류무공에 지나지 않는다. 그 위력을 제대로 발휘할 수 없으니까……."

삼백 년 전만 해도 무극팔단공은 백리세가로 하여금 천하에 명성을 떨치게 해주었던 최고의 무학이었다.

그러나 어찌 된 이유인지 백리휴로부터 구대조에서 문제가 발생하여 가문의 근간인 무극팔단공이 실전되고야 마는 일이 발생했다.

내공을 잃어버린 무문은 결국 몰락하게 되는 게 만고의 이치였다. 아무리 뛰어난 절학을 지니고 있다고 한들 그것의 위력을 표출시켜 줄 독문신공이 없다면 저잣거리의 약장수들이 휘두르는 육합권에 지나지 않을 뿐이니까.

결국 삼백 년 전의 대 백리세가는 작금에 와서 유명무실해졌을 뿐만 아니라 완전히 몰락하여 핏줄이라고는 백리휴밖에 남지 않게 되었고, 재산이라고는 폐하나 다름없는 장원뿐이었다. 한마디로 개털인 것이다.

"그나마 이것 때문에 아버지와 내가 먹고살 수 있었다."

그는 서재 책꽂이 좌측 맨 위쪽 구석에 꽂혀 있던 고서 한 권을 꺼내 들며 입가에 씁쓰레한 웃음을 떠올렸다.

그의 손에 잡힌 한 권의 고서.

그것은 세가가 몰락하게 된 원인을 제공한 구대조가 만들었다고 전해져 왔는데, 무가의 자손으로 당시 천하에 그 명성을 떨치고 있던 구대조였건만 그가 남긴 건 무서가 아닌 국수를 만드는 방법이었다.

백리면요결.

백리휴는 고서의 겉표지에 쓰인 글자를 보면서 절레절레 고개를 저었다.

"구대조께서 남기신 글에 의하면 가문이 멸문하게 될 위기에 처하게 되면 이 백리면요결을 보라고 하셨다지? 그렇기에 할아버지도, 또한 아버지도 이 백리면요결을 읽었다. 그리고 나 역시도……."

백리면요결은 '백리면' 이라는 국수를 만드는 방법을 상세히 기술해 놓은 책이었다.

밀가루 반죽부터 시작하여 제대로 된 면을 뽑아 국수를 만들 때까지의 모든 과정에 상세히 적어놓았는데, 어이없게도 그 내용 중에는 밀가루 반죽을 할 때의 손 모양과 발의 자세, 혹은 숨을 들이마시고 내쉬는 호흡법까지 있었다.

'그중에서도 가장 중요한 것이 호흡법이라고 했지. 호흡법에 익숙해지면 몰아지경에 이를 수 있고, 그러한 상태야만 제대로 된 백리면을 만들 수 있다고…….'

삼백 년 전 당시 강호에서도 최강자 중 한 명이었다던 구대조가 대체 무가에서 무슨 까닭으로 '백리면'이라는 국수를 만들 생각을 했는지 모르지만 이 덕분에 백리휴는 할아버지와 아버지를 거치면서 나름대로 조금은 편안한 생활을 할 수 있었다.

그것은 두 분이 적어도 이 섬서성 일대에서는 국수를 만드는 데 있어선 나름대로 인정을 받던 숙수였기 때문이다.

그렇다고 해서 매우 넉넉한 생활을 한 건 아니었다.

할아버지와 아버진 지금 자신의 손에 쥐어져 있는 백리면요결의 광적인 신봉자였다.

가문이 멸문의 위기에 처했을 때 반드시 백리면요결을 완전히 터득해야만 한다, 라는 구대조의 유훈 때문이었겠지만 백리휴가 생각하기엔 그건 말도 안 되는 것이었다.

하지만 백리휴와는 달리 할아버지와 아버지는 선조의 유훈을 거의 맹신했었고, 그 덕분인지 결국 두 분은 면수로 어느 정도 명성을 떨치게 되었다.

"하지만 할아버지도 내가 어렸을 때 갑작스런 광증이 발병

하여 돌아가셨고, 그것은 아버지도 마찬가지였다."

백리휴는 매우 어두운 얼굴을 했다.

삼 년 전 면수로 승승장구하던 아버지가 갑작스런 광증에 시달리게 되더니 불과 한 달 만에 운명을 하게 되었는데, 아버지는 마지막 숨을 거두기 직전 '결코 허언이나 꿈이 아니다. 선조의 말은 사실이다' 라는 말을 남겼다.

그것이 무엇을 의미하는지 알 수 없었으나 한 가지는 확실했다.

결국 백리휴 자신도 면수를 할 수밖에 없다는 것을.

"할아버지와 아버지 덕분에 나도 어려서부터 백리면요결을 읽었고, 또한 백리면을 만드는 방법에 수련하게 되었다. 더불어 그 알 수 없는 호흡법까지……."

백리면요결에 나와 있는 호흡법의 정식명칭은 화암귀식(化巖龜息)이었다.

말 그대로 하자면 바위처럼 굳게 하여 거북이처럼 숨 쉰다는 의미이리라.

맨 처음 이것을 발견했을 때는 가슴이 터질 듯이 쿵쾅거렸다.

'난 이것이 가문에서 사라져 버린 무극팔단공이라고 생각했었으니까.'

백리가의 후손으로서 반드시 이뤄내야만 하는 일이 있다면 그것은 가문을 과거처럼 부흥시키는 것이라고 할 수 있었다.

대(大) 백리세가의 부활.

그것이야말로 백리가의 마지막 핏줄이라고 할 수 있는 백리휴에게 주어진 사명이라 할 수 있었다.

그러기 위해선 무엇보다 가장 해야 할 일은 실전되어 버린 가문의 내공심법인 무극팔단공을 찾아내는 일이었다.

삼백 년 전에는 가히 천하에서도 손꼽히는 신공이었던 무극팔단공이 사라지게 되면서부터 가문은 몰락의 길을 걸어왔고, 작금에 와선 폐가나 다름없게 되었다.

결국 가문의 유일한 후손인 그가 백리가가 부활을 이뤄내기 위해선 무엇보다도 선결되어야 할 문제가 바로 무극팔단공을 찾아내 복원하는 것이었다.

그렇기에 백리휴가 처음 화암귀식에 대해 알게 되었을 때 이것이 무극팔단공이 아닐까 하고 내심 희망을 가졌던 것이다.

그러나 그가 내린 결론은 이 화암귀식이 그저 건강을 위한 단순한 호흡법에 지나지 않는다는 것이었다.

"어찌 되었든 이것 덕분에 지난 세월 동안 감기 한 번 앓지 않았으니 고맙다고 할 수밖에 없겠군."

백리휴는 쓰게 웃으며 뽑아 들었던 백리면요결을 다시 책꽂이에 꽂아두었다.

"아무튼 당분간은 제대로 들르지 못할 것 같으니 일단은 청소부터 해두어야겠다."

그는 부지런하게 몸을 움직여 서재를 정리하기 시작했다.

빗자루로 쓰는 대신에 걸레를 물에 적신 뒤 정성들여 책꽂이와 서재 안을 닦아냈고, 그렇게 이각가량을 청소한 뒤 처음 들어올 때와 마찬가지로 조용히 서재 밖으로 나섰다.

어느새 장원의 지붕 위로 어둠이 내려앉더니 휘영청 밝은 달이 암천에 떴다.

'운려……'

그 달을 보면서 백리휴는 한 소녀의 얼굴을 떠올렸다.

조금은 차가우면서도 언제나 자신만을 향해 웃어주던 소녀. 아까 낮에 헤어지긴 했으나, 헤어졌다고 해서 어찌 그녀의 얼굴이 잊힐까? 아니 평생이 간다고 해도 그녀의 얼굴은 화인처럼 그의 가슴에 남아 있으리라.

'지금이라도 화가장으로 달려가 그녀의 얼굴을 한 번만이라도 보고 싶다. 하나 그것은 모두 부질없는 짓……'

그는 절레절레 고개를 흔들었다.

무의미한 일이었다.

가서 그녀의 얼굴 본다고 달라질 것은 아무것도 없었다.

사실 화운려와 이별을 결심한 것은 현재 자신이 처한 상황과 인식 때문이었다.

가진 거라고 쥐뿔도 없는 빈털터리 집안에다가, 화운려의 말처럼 고작 면수가 되기 위해 내일부터는 태원루에서 일해야만 하는 처지였다.

'그녀가 봉황이라면 난 그저 비루먹은 개에 지나지 않는다. 봉황은 오직 용만이 짝이 될 수 있는 터. 애초부터 난 그녀와 어울릴 수 없었다.'

그는 마음속 번민을 떨쳐 내기라도 하 듯 그 자리에 서서 두 팔을 열십자 모양으로 펼치며 이내 천천히 몸을 움직이기 시작했다.

그는 느릿한 동작들을 연속적으로 펼쳐 냈는데, 흔히 민간에 많이 알려진 태극권과 같은 형태의 동작이었으나 그것과는 조금 다른 형태였다.

'어차피 잠을 자긴 그른 터. 무극팔로세(無極八澇勢)라도 수련해야겠구나.'

무극팔로세는 백리면요결에 나오는 체조였다.

본래 이러한 체조는 매우 느릿한 동작으로 몸의 안정과 신체의 각 부분의 근육을 풀어주는 데 탁월한 효과가 있었다.

물론 백리면요결에 쓰인 글에 의하면 무극팔로세를 극성까지 연마하면 신체가 탈태환골하여 새로운 몸으로 만들어진다고 했으나, 그것은 일종의 과장에 지나지 않았다.

정말로 그러한 효과가 있었다면 자신보다 오랫동안 수련했던 할아버지와 아버지에게 그러한 일이 일어났어야만 했다.

그러나 탈태환골은커녕 두 분은 원인을 알 수 없는 광증으로 돌아가셨고, 그 뒤로는 백리휴는 습관처럼 무극팔로세를 수련했을 뿐이었다.

다른 것은 몰라도 무극팔로세를 한바탕 펼치고 나면 심신이 안정되며, 쌓인 피로가 풀린다는 것을 잘 알고 있었다.

그렇게 백리휴는 무극팔로세를 펼치며 차츰 그 속으로 빠져들고 있었다.

　　　　　*　　　*　　　*

　다음 날.

　백리휴는 묘시가 되어서 태원루의 주방으로 갔다.

　"바로 네가 양 총관이 말한 신입인가?"

　주방을 책임지고 있는 숙수 장만우는 앞에 있는 백리휴의
위아래를 훑어보았다.

　"이름이 백리휴라고 들었는데 맞나?"

　"그렇습니다."

　"좋아, 백리휴. 태원루 주방에서 일어나는 모든 일은 숙수인
나 장만우가 책임지고 있다. 혹시 주방에서 달리 배우고 싶은
게 있나?"

　"면을 만드는 걸 배우고 싶습니다."

　"국수를……."

　장만우는 뜻밖이라는 얼굴을 했다.

　국수는 생각보다 꽤나 힘든 요리다. 아니, 다른 요리에 비하
면 어쩌면 매우 간단한 요리이나, 면발을 만들어 내는 과정은
매우 쉽지 않기 때문이었다.

　"달리 이유라고 있나?"

　"그저 어렸을 때부터 국수를 만들었습니다. 물론 집 안에서
만이지만……."

　장만우의 질문에 백리휴는 멋쩍은 얼굴로 대답했다.

사실 돌아가신 아버지 때문에 국수를 만드는 방법을 어깨너머로 배우긴 했으나 직접 해본 적은 없었다.

"그렇다면 오 영감 밑에서 일하면 되겠군. 오 영감!"

장만우는 주방 한쪽을 보며 큰 소리로 불렀다.

그러자 주방 안쪽에서부터 깡마른 체구의 노인 한 명이 밖으로 나오며 투덜거렸다.

"이놈아, 남들이 들으면 내가 네놈 아랫사람인 줄 알겠다. 네 녀석에게 요리를 가르친 사람이 누군지 벌써 잊은 게냐?"

장만우는 히죽 웃었다.

"언젯적 얘기를 하시는 겁니까? 그리고 주방에서야 본래 숙수가 제일 웃어른인 법이니 영감님도 예외는 아닙니다. 아무튼 영감님 밑으로 새끼 하나 들어왔으니 잘 간수해야 할 겁니다. 시원치 않으면 한 달 안에 내쫓아 버릴거니까."

그 말을 끝으로 그는 주방 안쪽으로 들어가 버렸다.

"싸가지없는 녀석……."

오 영감은 그의 뒷모습을 보며 못마땅한 듯 혀를 찼다.

그러나 말과는 달리 오히려 두 사람 사이는 매우 친한 듯 보였다.

"면수가 되고 싶은 게냐?"

"그렇습니다."

"난 이 태원루에서 오직 국수만을 만들고 있는 오장명이다. 다들 오 영감이라고 부르니 너도 그렇게 부르도록. 국수라는 게 만만하게 보여도 그리 쉬운 게 아니다."

"알고 있습니다."

"그럼 내 뒤를 따라오거라."

오 영감은 이내 자신이 나왔던 곳으로 몸을 돌려 걸어갔다.

백리휴는 천천히 그 뒤를 따라 들어갔다.

"국수를 만드는 건 일반 요리와는 조금 다르다. 극히 정적인 요리라고 해야 할까? 무식하게 힘만 써서는 안 되는 일이다."

오 영감이라고 불리는 오장명은 자신이 일하는 주방 한가운데 선 채 백리휴를 보면서 무덤덤한 얼굴을 했다.

"뭐, 일하다 보면 느끼겠지만 당분간 네가 할 일은 저것이다."

그는 손가락으로 한쪽 구석을 가리켰다.

그곳엔 허리 높이의 기다란 도마가 길게 이어져 있었는데, 거의 침대만 한 크기였다. 그리고 도마 한쪽 위에는 밀가루가 가득 담겨져 있는 마대(麻袋)가 놓여 있었다.

백리휴는 마대를 보며 입을 열었다.

"밀가루 반죽을 하라는 거로군요."

"눈치가 있는 녀석이로구나. 사실 밀가루 반죽이 그리 쉬운 일만은 아니지. 저 마대에 담겨져 있는 분량이 오늘 하루 태원루에서 쓰일 것이니 제대로 반죽해 놓아야 할 것이다. 네 녀석이 반죽을 제대로 해놓지 않으면 오늘 하루 난 놀아야 한다. 그 점을 명심하도록……."

마치 협박하듯 말을 해놓고선 오장명은 휘적거리는 걸음걸이로 밖을 향해 나갔다.

'반죽이라……'

백리휴의 입가에 기이한 미소가 스쳐갔다.

백리면요결에 미친 할아버지와 아버지 덕분에 밀가루 반죽을 어렸을 때부터 했던 그였다.

"밀가루 반죽이 쉽다고 생각하면 오산이다. 휴아야, 본래 어린 아이가 첫발을 떼기가 어렵듯 국수란 놈도 밀가루 반죽부터 시작해야 하는 법. 누구나 다 반죽을 한다마는 제대로 된 반죽을 하는 놈들이 전무하다고 할 수 있다."

'후후, 이미 이론은 알고 있으나 여기서 실습하면 되겠군.'

백리휴는 이내 도마 앞으로 다가갔다.

第二章

수타를 배우다

왕면
백리휴

"반죽의 첫 번째는 설분(雪分)이라고 했지."

나직이 중얼거리며 백리휴는 주위를 둘러보았다.

벽면 한쪽에 걸려 있던 사각 형태의 채가 보이자 지체없이 그것을 거두었다. 이어 작은 그릇 하나를 다시 찾아들어 마대 속에 넣어 밀가루를 푸고는 채 위로 살살 뿌렸다.

왼손으로 그릇을 이용해 밀가루를 퍼서 뿌리고 오른손으로는 사각으로 된 채를 좌우로 흔들자, 도마 위로 고운 밀가루가 쌓이기 시작했다.

'설분은 밀가루 반죽하는 데 사용되는 여섯 가지 기술 중 첫 번째! 흡사 눈이 내리는 모양으로 밀가루를 뿌려야 했기에 설분이라는 명칭했다고 했다. 백리면요결에 보면 설분을 비롯한

이것을 육요(六要)라고 했지.'

육요란 말 그대로 풀이하자면 중요한 여섯 가지란 뜻이다.

각기 설분, 선착(先錯), 후압(後壓), 능유(能柔), 만연(滿連), 완고(輓輓固)란 명칭을 가지고 있는데, 굳이 백리면요결에 써 있는 글이 아니더라도 돌아가신 아버진 항상 이렇게 말했다.

"육요만 제대로 할 수 있어도 이미 국수를 반은 만든 것이라고 할 수 있지. 왜냐고? 육요를 완성하게 되면 가볍고, 빠르며, 힘있으며 부드러우면서도 쉼없이 움직이고 마침내 완전한 구체를 만들어 낼 수 있다. 하하, 휴아야. 생각해 본 적이 있느냐? 한낱 밀가루 반죽에 생기가 있다는 사실을. 거짓말 같지만 육요로 만들어진 밀가루 반죽은 숨을 쉰다."

숨을 쉬는 밀가루 반죽.

그것이 육요를 펼쳐서 밀가루 반죽을 해야만 하는 이유였다.

세상에 드물 정도의 엄청난 무인이었다던 백리세가의 구대조께서 어찌하여 이러한 잡다한 것들을 만들어 냈는지 모르지만 지금 백리휴에겐 더없이 유용한 것이었다.

쪼르르.

설분의 기술을 이용해 채로 고운 밀가루를 쌓은 뒤 가운데를 조금 파서 거기에 약간의 물을 부었다.

그러고는 양손을 이용해 빠르게 밀가루를 물과 함께 섞기 시작했다.

착이란 섞는다는 뜻으로 육요 중에서 직접 밀가루 반죽을 하는 손동작 중 제일 먼저 한다고 하여 선착이라고 했다. 이어 섞는 양손에 압력을 주어 힘있게 반죽을 누르게 되는데 이를 후압이라고 한다.

능유란 힘있게 반죽하다 어느 순간부터 부드럽게 다뤄야 한다는 것의 의미하며, 만연이란 완전히 반죽이 끝날 때까지 쉴 새 없이 움직여야 한다고 했다.

마지막으로 그렇게 해서 밀가루 반죽이 완전히 둥근 형태를 이루게 되면 그것이 바로 완고였다.

밀가루 반죽을 하는데 여섯 가지 중요한 기술이라는 육요.

백리휴는 머릿속으로 육요를 떠올리며 밀가루를 반죽해 나가기 시작했고, 곧 그의 이마에는 송글송글 땀방울이 맺히더니 이내 전신에서 비오듯 땀을 흘렸다.

"헉… 헉……."

입으로는 연신 거친 숨결을 토해냈는데, 그것도 시간이 흘러가자 이내 고르게 안정되어 갔다.

화암귀식.

백리면요결에 나와 있는 호흡법을 백리휴가 무의식중으로 펼쳐 내고 있었다.

"호오, 제법이로군."

돌아온 오장명은 도마 위에 놓여 있는 밀가루 반죽을 보더니 두 눈에 이채를 떠올렸다.

백리휴가 거의 한 시진을 소모하여 만드러낸 반죽은 타원형으로 둥글게 말려 있었다.

흡사 찜통 속에서 막 찐빵을 쪄내었다고 할까. 손가락으로 쿡 찌르면 탱하고 튕겨 나올 듯 찰기마저 보였는데, 반죽을 보고 있노라면 웬일인지 저절로 입안에 침이 괴는 듯한 느낌이 들었다.

"이게 신참이 반죽한 거라고?"

"이번엔 쓸 만한 놈이 들어온 모양일세."

어느새 오장명의 등 뒤로 주방에서 일하는 요리사들 서너 명이 기웃거리며 와 있었다.

그들도 갑자기 어디선가 맛있는 냄새가 풍기기에 그 내음을 맡아온 것인데, 뜻밖에도 도마 위에 둥글게 말려 있는 반죽을 보자 욕심을 냈다.

"대체 이걸 어떻게 반죽한 거지? 설마 약을 탄 건 아닐 테고……."

"냄새만 맡아도 환장하겠군. 영감님, 이거 삼분지 일만 나주쇼. 어차피 포자(包子:소가 들어간 두툼한 찐만두)를 만들어야 하니……."

"그렇게 많이 가져가면 어떻게 하나? 반죽은 우리도 필요하다고."

"시끄러워! 네놈들에게 나눠줬다간 내가 만들 국수도 모자랄 거다."

요리사들이 떠드는 소리에 오장명이 버럭 소리쳤다.

"반을 줄 테니까 알아서 나눠가져."

"알았수."

요리사들은 그의 허락이 떨어지자 백리휴가 만들어놓은 반죽의 반을 떼어갔다.

"도둑놈들……."

밖으로 나가는 그들을 보며 투덜거리던 오장명은 백리휴에게로 고개를 돌렸다.

"저놈들이 반을 가져갔으니까 네가 조금 더 만들어봐야겠다."

"그러겠습니다."

"그리고 당분간 밀가루 반죽은 네게 맡기마."

"예."

태원루 주방에 들어온 첫날!

백리휴는 밀가루 반죽 담당이 되었다.

*   *   *

한 달.

백리휴는 거의 한 달 동안 매일 아침 밀가루를 마대 자루로 두 마대씩을 반죽해야만 했다.

그것은 태원루에 오는 손님들이 그만큼 많다는 얘기기도 했지만, 첫날 그의 반죽 솜씨에 탄복한 다른 요리사들이 계속 그의 반죽만을 가져다 썼기 때문에 어쩔 수 없는 일이었다.

덕분에 백리휴가 쉴 수 있는 시간이 거의 사라졌다.

사실 아침나절에 마대로 두 자루 이상을 밀가루 반죽을 한다는 것은 체력적으로 매우 힘든 일이었다.

그렇기에 밀가루 반죽을 하는 자들의 경우 대부분 매우 덩치가 있는 자들인데, 겉보기엔 조금 마른 체구인 백리휴가 이와 같이 반죽을 한다는 것은 거의 중노동이나 다름없었다.

더군다나 그것은 아침에만 해당하는 일이었고, 점심이 조금 지나서부터는 그릇들을 설거지하거나, 아궁이에 불을 지필 장작들도 들고 날라야만 했다.

그러면서도 요리사들이 하는 음식들을 어깨너머로 눈치껏 배워야 했기에 정신적으로도 더욱 피곤했다.

백리휴는 주방의 모든 허드렛일에 빠지지 않았다.

마치 그러한 일에 빠진 것처럼 묵묵히 일만했는데, 그것은 주방일을 빨리 배우기 위함이기도 했지만 화운려를 잊기 위해 그가 의도적으로 일에 매달렸기 때문이다.

그렇게 다시 두 달이 더 흘렀을 때, 오후 늦게 오장명이 그를 불렀다.

"그동안 꾀피우지 않고 열심히 일하더구나. 내일부터는 제대로 일을 배우도록 하거라."

"감사합니다."

"우리 태원루는 여러 가지 면 요리를 내놓고 있으나 그중에서 초마면(炒馬麵)이 유명하다. 아마 너도 초마면부터 배워야 할게다."

"한 가지 더 부탁드리고 싶은 게 있습니다."

"뭐냐?"

"수타를 배웠으면 합니다만……."

"수타라……. 굳이 그럴 필요가 있겠느냐? 수타라고 해서 국수가 유달리 맛있는 게 아니다. 그저 보는 이의 눈요깃감을 위한 정도에 지나지 않지."

"알고는 있습니다만… 그래도 배우고 싶습니다."

"수타로 면을 뽑으려 한다면 몹시 힘이 들게다. 힘깨나 쓴다고 하는 놈들도 나가떨어지기 일쑨데 괜찮겠느냐?"

"정 힘들면 그때 관두도록 하겠습니다."

"사실 수타라는 게 멋은 있다만 국수틀로 뽑아내는 면과 별반 맛이 차이나지 않는다. 아무튼 네가 원한다니 어쩔 수 없지. 가만 있자? 수타라면 임가 녀석이 제법이지. 오늘부터 매일 반죽하고 난 뒤 임가 녀석의 일을 도와주도록 하거라. 지금 그놈에게 가면 되겠구나. 그놈이 어디에 있는지는 알고 있겠지?"

"예. 신경 써주셔서 감사합니다."

백리휴는 오장명에게 허리를 굽혀 보인 뒤 밖으로 나갔다.

이어 그가 나간 곳은 주방에서 이어진 열려진 공간으로 길거리에 개방되어 있었는데, 끝에는 커다랗고 기다란 도마가 놓여 있었다.

다시 그 앞에서 당당한 체구의 청년이 거리를 오가는 사람들에게 보라는 듯 밀가루 반죽을 양손에 잡고는 도마 위에다 탕탕 내려치고 있었다.

임호관.

이제 스물일곱 살이 된 그는 오장명 아래서 국수를 배우고 있는 요리사들 중 한 명으로 특히 수타에 관해 매우 자부심을 가지고 있는 청년이었다.

"실례합니다."

천천히 다가간 백리휴는 임호관의 등 뒤에서 조심스럽게 입을 열었다.

그제야 임호관은 손을 멈추고는 그를 힐끗 돌아다보았다.

"뭐야? 새로 들어온 신입이로군."

"앞으로 잘 부탁드립니다."

"뭘?"

"오 영감님의 허락을 받았습니다. 아저씨에게 수타를 배우라고요."

"호오, 수타를 배우겠다고? 요즘 국수를 배우는 녀석들 중에서 수타에 관심을 가지고 있는 놈이 있을 줄은 몰랐군."

마치 오장명과 판박이와 같은 말투였다.

백리휴는 자신도 모르게 가볍게 미소 지으며 말했다.

"제대로 된 국수를 만들기 위해선 먼저 수타부터 알아야 한다는 게 제 생각입니다."

"그거야 당연하지. 요즘은 국수틀로 면을 대량으로 뽑아내고는 있지만 아무래도 맛은 수타면을 못 따라가지. 암 그렇고 말고……."

임호관은 흡족한 표정을 지으며 어깨를 으쓱거렸다.

"좋아. 배우고 싶다면 알려주지. 수타가 대단한 비술도 아니고……. 더군다나 네가 만든 이 밀가루 반죽이 내 마음에 들거든."

"감사합니다, 아저씨……."

임호관은 정색한 채 그를 주시했다.

"하지만 그전에 한 가지만 고쳐."

백리휴가 멈칫거렸다.

"말씀해 주십시오."

"그 호칭. 그냥 형이라고 불러. 내 이름 알지? 그냥 호관이 형이라고 해. 난 아직 혼인도 하지 않은 총각이라고. 한 번 불러봐."

"아, 저, 아니, 호, 호관이 형……."

백리휴가 어색한 듯 말하자 임호관은 씨익 웃었다.

"한결 낫네. 그 애늙이 같은 말투는 어떻게 안 되겠지?"

"그건… 노력하겠습니다."

"괜찮아. 그냥 하는 말이니까. 그러니까 수타라는 게 말이야 밀가루 반죽을 양손에 잡고서는 이렇게……."

임호관은 설명하다말고 고개를 절레절레 저었다.

"젠장, 어째 말하는 게 더 어렵네. 그냥 내가 하는 걸 잘 봐. 수타니 뭐니 하지만 알고 보면 아주 간단한 거니까."

그가 알려주는 수타는 이랬다.

처음 반죽을 덜어서 두 손으로 양쪽 끝을 잡고 두드리면서 탄력이 생기게 한다. 그런 다음 반죽을 돌리며 네 번, 많게는 여덟 번까지의 꽈배기를 꼰다.

매우 간단하고 짧은 설명이었고, 사실 이게 수타의 전부라고 할 수 있었다.

"그러나 그리 만만한 일은 아니지. 문제는 이렇게 수타로 면을 뽑을 때 면의 굵기가 일정해야 한다는 것이다. 이는 말로 해서는 알 수 없는, 오직 오랜 작업 끝에 탄생하는 일종의 체득(體得)이라고 할 수 있다."

"아……."

"면의 굵기 조절만 할 수 있다면 면은 원하는 대로 무한정 뽑아낼 수 있지. 물론 일반적인 면발은 이렇게 일고여덟 번만 꼬면 되지만 용수면 같은 건 엄청 많이 꼬아서 가닥수를 늘이면 되지."

"생각보다는 어렵지 않겠군요."

설명이 끝나고 백리휴가 이렇게 말하자 임호관은 피식 웃음을 흘렸다.

"후후, 어렵지는 않지, 말로는. 하지만 직접 해보게 되면 이게 그리 쉽지 않다는 것도 알게 될 거야."

임호관은 도마 위에서 비켜서며 한 번 해보라는 듯 눈짓을 했다.

백리휴는 고개를 끄덕이며 도마 앞으로 다가갔다.

그는 임호관이 그랬던 것처럼 한쪽에 놓인 커다란 그릇에 반죽을 꺼내 도마 위에다 올려놓고선 두 손으로 양쪽 끝을 잡았다.

그러고선 천천히 양손을 벌려 반죽을 조금씩 늘려갔는데, 갑자기 뚝 끊어져 버리는 것이었다.

"크흐흐흐……. 보기보다는 어려울걸."

임호관은 등 뒤에서 그를 지켜보다가 기괴한 웃음을 흘렸다.

"밀가루 반죽을 늘인다는 게 생각대로는 되지 않을 거야. 조 그만 힘줬다간 지금처럼 끊어먹을 테니까."

"달리 방법이라도 있는 겁니까?"

"그런 거 없어. 그저 죽어라 반죽을 만져야지. 적어도 열흘 은 뭐 빠지게 연습해야 할 거야. 난 오늘 할 일 끝났으니까 지 금부터라도 연습해 봐."

그 말을 끝으로 임호관은 주방 안쪽으로 들어갔다.

"열흘이라……."

백리휴는 자신의 양손에 쥐어진 밀가루 반죽을 보며 나직이 중얼거렸다.

사실 어려서부터 할아버지와 아버지가 만드는 국수를 보고 자라났으나 직접 해보기는 처음이었다.

이론으로야 누구보다 해박한 자신이지만 실기는 갓 걸음마 를 시작한 어린아이처럼 어설펐다.

"일단 호근이 형 말대로 해보는 수밖에 없겠지."

그는 이내 밀가루 반죽을 잡고는 수타 연습을 하기 시작했다.

본래 태원루에서 주방과 연결된 이곳을 터 수타를 만드는 걸 거리를 지나는 사람들에게 보게 한 것은 일종의 홍보효과 를 노려서였다. 즉, 태원루에서 만드는 모든 국수는 수타로 만든다는 걸 알리기 위한 것이었다.

그랬기에 늘상 이 거리를 지나는 행인들은 정해진 시간에 수타를 하고 있는 임호관을 보곤 했는데, 오늘 처음으로 앳된 소년이 수타를 하자 조금 흥미를 보였다가 이내 고개를 돌리고는 제 갈 길을 갔다.

누가 봐도 백리휴의 실력이 초보임을 알 수 있었기 때문이었다.

그러나 백리휴는 다른 자들의 시선을 신경 쓸 틈이 없었다.

이미 그는 임호관이 알려준 수타에 푹 빠져 있는 상태였다.

그러나 문득, 그는 앞에서 쏘는 듯한 시선이 느껴졌다.

"……?"

그는 손을 멈추고 앞을 바라보았다.

언제부터인가 밀가루 반죽으로 수타를 연습하고 있는 걸 지켜보고 있는 계집아이가 있었다.

이제 열두어 살쯤 되어 보이는 깜찍한 용모의 소녀. 눈꽃같이 새하얀 백의를 걸치고 있는 소녀는 머리카락을 양쪽 머리 위로 둥글게 말아 올린 상태였는데, 양쪽 머리 위에는 붉은 나비 장식을 붙이고 있어 앙증맞아 보이기까지 했다.

"괜찮을까 모르겠네."

소녀는 고개를 갸웃거렸다.

백리휴는 소녀의 귀여운 모습에 자신도 모르게 미소 지었다.

"뭐가?"

"난 할아버지와 함께 국수를 먹으려 했거든. 근데 오빠가 밀가루를 만지작거리는 모습을 보니까 너무 어설퍼서. 그래서 국수를 먹을까 말까 망설이는 거야."

"하하, 그거야 당연하지. 난 오늘 처음 수타를 배웠으니까."

"수타? 그게 뭐야?"

소녀는 어리둥절한 얼굴을 했다.

백리휴는 다시 밀가루 반죽을 잡으며 말을 이었다.

"수타라는 건 밀가루 반죽을 손만을 사용해서 면발을 뽑아내는 거야. 국수틀이 아닌 손으로만 말이야."

"에고, 갈 길이 머네."

소녀는 그를 물끄러미 보더니 나직한 한숨을 내쉬었다.

"우리 할아버지가 그러셨는데 닭 잡는 칼이 아무리 좋아도 정작 닭 잡는 자가 시원치 않으면 말짱 꽝이래."

"결국 내가 형편없다는 말이로구나."

백리휴는 양손으로 조금씩 밀가루 반죽을 늘이다가 두 개를 합쳐 꽈배기 모양으로 틀었다.

"하지만 그건 내가 이제 배우기 시작하는 거라서 그래. 이제 한 달 뒤면 제대로 된 수타를 할 수 있을 거야. 그리고 이삼 년이 지나면 이곳에서 알아주는 면수가 되어 있을 거야."

"면수?"

"오직 면만을 만드는 숙수를 그렇게 불러."

"그럼 오빠는 면수가 되는 게 꿈이야."

"꿈이라……."

백리휴는 손길을 멈추며 망연히 중얼거렸다.

그에게 꿈이 있다면 그것은 몰락한 가문을 일으키는 것이었다. 구체적으로 무극팔단공을 복원하여 삼백 년 전 무가였던 백리세가로 되돌리는 것인데, 그것은 할아버지와 아버지, 아니 조상 대대로 이어져 온 염원이라고 할 수 있었다.

'하지만 그것은 정확히 말해 가문의 바람이지, 내 꿈이라고는 할 수 없다. 내 꿈은……'

그에게 꿈이 있었다면 그것은 화운려와 행복하게 사는 것이었다. 그러나 그 꿈은 이미 깨어져 버렸다고 할 수 있었다.

'결국 남은 꿈은 면수가 되는 것뿐이겠지.'

구대조가 남겼다는 백리면요결을 통해 할아버지와 아버지, 그리고 자신까지 면수가 되었으니 지금 그에게 있어 가장 적합한 꿈은 최고의 면수가 되는 것이리라.

그것은 현재의 그로서는 어쩔 수 없는 선택이기도 했다.

그는 입가에 씁쓰레한 고소를 떠올린 채 소녀에게 물었다.

"근데 이름이 뭐니?"

소녀는 붉은 입술을 삐죽였다.

"어머, 오빠는 숙녀의 이름을 함부로 물어도 되는 거야?"

"수, 숙녀……"

백리휴는 어처구니없다는 눈빛으로 그녀를 바라보았다.

"아직 그렇게 말하기엔 조금은 이른 것 같은데……. 아무튼 어떻게 해야 이름을 알려줄 거지?"

"남자가 먼저 자기 이름부터 알려줘야 하는 거잖아."

"아차! 그렇구나. 난 백리휴라고 해. 이 태원루 주방에서 일하고 있지."

"난 당애령(唐愛姈)이야."

"당애령, 좋은 이름이네. 귀엽고 슬기롭다는 뜻이니."

"헤헤, 남들도 다 그래. 내 미모만큼이나 예쁜 이름이라고……."

"하하, 정말 그렇구나!"

백리휴는 말할 때 혀를 날름거리는 그녀의 귀여운 모습에 나직이 웃음을 터뜨렸다.

어려서부터 혼자만 살아와서 그런지 눈앞에 있는 당애령처럼 귀여운 소녀를 보자 마치 자신의 여동생처럼 느껴졌다.

"애령아."

문득 당애령의 뒤에서부터 부드러운 노인의 말소리가 들려왔다.

갈의노인.

골목 저편에서부터 두 사람이 있는 곳으로 한 노인이 천천히 걸어오고 있었다.

평범한 갈의를 걸친 노인은 귀밑까지 늘어진 새하얀 눈썹이 매우 인상적인데, 그것만 아니라면 어디서나 볼 수 있는 평범한 촌노의 모습이었다.

"할아버지……."

당애령은 갈의노인을 보며 빙긋 웃어보였다.

갈의노인은 혀를 끌끌 찼다.

"이 꼬마 여우야. 갑자기 사라져서 이 할애비를 당황하게 하더니 여기에 있었구나."

당애령은 귀엽게 양 볼을 부풀렸다.

"피이, 아까 할아버지에게 태원루로 간다고 했잖아요. 이번에도 또 깜박한 거예요?"

"그랬었나? 오랜만에 대도시에 나왔더니 정신이 없구나."

"내가 할아버지 때문에 얼마나 신경 쓰는지 알아요? 매번 깜박깜박하시니까 내가 걱정이 태산이라구요."

"욘석! 까불기는……."

갈의노인은 피식 웃으며 당애령의 이마에다 가볍게 꿀밤을 먹였다.

당애령은 혀를 날름거렸다.

"진짜라구요."

"그래. 알았다."

갈의노인은 백리휴에게로 고개를 돌렸다.

"우리 애령이의 말상대를 해줘서 고맙네."

백리휴는 담담한 얼굴을 했다.

"아닙니다. 덕분에 제가 오히려 심심하지 않았습니다."

"허허, 그런가? 여기서 일하는 숙수인 모양이로군."

"아직 주방에서 일 배우는 중일 뿐입니다. 그리고 숙수가 되기보다는 면수를 희망하고 있습니다."

"호, 숙수가 아니라 면수라……?"

갈의노인은 재미있다는 눈빛을 했다.

"본래 주방에서 일하는 자들의 최종 목표는 숙수가 되는 걸로 알고 있는데… 면수가 되려는 특별한 이유라도 있는가?"

백리휴는 멋쩍은 듯한 얼굴을 했다.

"다른 이유는 없습니다. 돌아가신 제 아버님도 면수였거든요."

"그렇군."

갈의노인은 고개를 끄덕였다.

"여기 태원루에선 무슨 요리가 괜찮은지 모르겠구만."

백리휴는 즉시 대답했다.

"태원루에는 여러 가지 음식이 다 맛있습니다만, 술과 함께 드시려면 고로육(咕嚕肉:탕수육)이나 봉조(鳳爪:닭발), 화화작(禾花雀:약한 불에 쪄서 먹는 참새찜요리)이 괜찮습니다. 식사를 하실 거라면 다소 생소하겠지만 주홍무두부(朱洪武豆腐)를 시키시면 만족하실 겁니다."

"주홍무두부? 처음 듣는 요리 같군."

"잘게 썬 돼지고기와 새우를 얹고서 튀긴 두부죠. 밥과 드시면 일품일 겁니다. 요즘 말로 하자면 강추입니다."

"요즘 들어 국수가 땡기던데… 추천할 만한 국수는 없나?"

"면을 드시겠다면 초마면을 주문하십시오. 우리 태원루에선 초마면이 가장 유명하고 맛있으니까요. 아마 후회하지 않으실 겁니다."

"고맙군. 그런데 태원루 입구가 여기가 아닌 것 같구만."

"오른쪽 옆으로 돌아가시면 그곳이 입굽니다."

"정말 친절한 면수 후보생이로군. 자, 가자, 이령아. 태원루에 들어가서 제대로 된 식사를 해야지."

갈의노인은 당애령의 손을 잡고 백리휴가 알려준 오른쪽으로 걸어갔다.

두 사람의 모습이 이내 사라지자 백리휴는 다시 밀가루 반죽을 들고 수타면 만드는 연습을 하기 시작했다.

퉁! 퉁!

간혹 도마 위에 늘이거나 배배 꼰 밀가루 반죽을 내려치는 소리가 들렸으나, 앞선 임호관처럼 일정하지 않은 소리였다.

*   *   *

"이봐, 백리휴……."

"……?"

느닷없이 등 뒤에서 들려온 목소리에 백리휴는 수타 연습을 하고 있다가 멈칫 놀라며 고개를 돌렸다.

오장명이 그의 등 뒤에 서 있었다.

"수타 연습하느라 내가 온 것도 몰랐나 보군."

오장명이 미소 띤 채 그를 바라보았다.

백리휴는 어색한 얼굴을 했다.

"죄송합니다. 그러고 보니 해가 저문 줄도 몰랐습니다."

어느새 거리는 어두워졌고, 거리 곳곳엔 야등(夜燈)이 켜져 있었다.

주방에는 예외는 아니어서 환한 불빛이 흘러나와 땀투성이

인 백리휴의 얼굴을 번들거리게 만들었다.

"한데 어쩐 일이십니까?"

"양 총관이 자넬 부르더군."

"무슨 일로……?"

"그거야 난들 아나. 아무튼 불렀으니 어서 가보게. 물론 그전에 손하고 얼굴을 씻고. 옷도 엉망이로군. 숙소로 가면 남는 옷들이 있을 거네. 거기에 있는 옷들 중 깔끔한 것으로 갈아입고 가게. 주방에서 일하는 사람들은 늘 깨끗이 해야 다른 이들에게 신뢰감을 주는 법이니까. 양 총관은 내원에 있으니 그리로 가면 될 걸세."

"감사합니다, 어르신……."

백리휴는 주방 안으로 들어가는 오장명의 등 뒤를 향해 가볍게 허리를 굽혀 인사를 했다.

이어 그 역시 반죽하던 밀가루를 정리해 놓고는 이내 주방 안으로 들어갔다.

참조) 초마면 : 이 요리는 해물 또는 고기와 다양한 야채를 기름에 볶아 닭이나 돼지 뼈로 만든 육수를 넣고 매콤하게 끓인 다음 면을 말아 먹는 요리다. 중국 이름으론 차오마멘, 우리가 잘 먹는 짬뽕은 여기서부터 기원되었다.

주홍무두부: 주홍무의 주자는 명나라를 세운 주원장(朱元璋)의 성씨이고 홍무(洪武)는 명나라의 첫 연호를 뜻한다. 주원장은 어려서 매우 곤궁했다. 그런 그가 어린 시절 맛보았던 음식이 두부 튀김이었는데, 그 맛을 잊을 수 없어 황제가 된 이후에도 수시로 즐겼다 하여 붙여진 이름이다.

第三章

나는 나를 잊었다

면왕
백리휴

"기다리고 있었네."

옷을 갈아입고 내원으로 들어가자 기다리고 있던 총관 양만보가 그를 맞이했다.

백리휴는 그를 바라보며 어정쩡한 얼굴을 했다.

"부르셔서 오기는 했습니다만 무슨 일로 소생을 찾으신 겁니까? 혹시 양 총관께서 시키실 일이라도……?"

"이 친구, 내가 자네에게 시킬 일이 뭐있겠나? 아까 들어온 손님이 자네를 시자(侍者:시중드는 점원)로 지목했네."

"소생을 말입니까? 하지만 소생은 이곳에 별로 아는 분이 없는데요."

백리휴는 모르겠다는 듯 두 눈을 깜박였다.

"난들 알겠나? 하지만 손님이 자네를 불렀으니 따를 수밖에. 어서 가세."

그는 백리휴를 데리고 내원 안쪽으로 걸어갔다.

내원은 태원루 뒤쪽에 있었는데, 정확히 열두 개의 별채로 이뤄져 있었고, 양만보는 그중에서 두 번째 별채인 매화채 앞에서 걸음을 멈추었다.

"백리휴, 자네도 석 달을 태원루에서 지냈으니 시자가 어떤 일을 하는지 알겠지? 결코 실례는 해서는 안 되네. 명심하게."

양만보는 백리휴에게 단단히 주의를 주고는 '어흠' 하는 헛기침과 함께 슬쩍 별채문을 밀고 안으로 들어갔다.

별채 안 중앙에는 장방형의 기다란 탁자가 놓여 있었고, 문과 정면으로 바라보이는 상석에는 한 갈의노인이 양만보와 함께 안으로 들어오는 백리휴를 보며 빙그레 미소 지어 보였다.

"허허……. 또 만나게 되는구만."

"노인장께선 아까……."

백리휴는 갈의노인을 보며 뜻밖이라는 얼굴을 했다.

"헤헤, 오빠, 애령이도 여기 있어."

그런 그를 보며 갈의노인 우측에 앉아 있던 앙증맞은 용모의 어린 백의소녀가 손을 흔들어 보였는데, 바로 당애령이었다.

얼떨떨해 하는 그를 보며 갈의노인은 담담히 입을 열었다.

"사실 난 서안이 처음일세. 이곳 요리도 생소하고. 그래서 자네를 시자로 부른 걸세."

"아, 예."

백리휴는 고개를 끄덕였다.

그때 양만보가 조심스럽게 입을 열었다.

"말씀하기로는 음식을 사인분을 시키셨다는데 아직 두 분이 안 오신 모양이로군요. 음식은 나중에 가지고 오라고 할까요?"

대답은 등 뒤에서 들려왔다.

"지금 가져오너라."

어느 틈엔가 두 명의 사내가 별채 안으로 들어서고 있었다.

각기 황의와 흑의를 걸치고 있는 사내들.

우측의 황의인의 덩치가 한 마리의 사자를 연상케 할 만큼 매우 크고 강인한 느낌을 풍기고 있는 데 반해 좌측의 흑의인은 호리호리한 체구였다. 다만 한 자루의 칼을 연상케 할 만큼 날카로운 기운이 몸에서 흘러나오고 있었다.

한 가지 기이한 것은 그들은 얼굴을 알아보지 못할 정도로 죽립을 깊고 눌러쓰고 있다는 점이었다.

두 명은 성큼성큼 안으로 들어오더니 갈의노인이 앉아 있는 탁자의 좌우로 털썩 앉았다.

"우리는 기다리는 걸 싫어한다."

"물론 음식이 맛없는 건 기다리는 것만큼 싫지."

두 사람은 쌍둥이처럼 말했다.

행동이나 행색이 기괴한 자일수록 성질이 아주 더럽다는 사실을 잘 알고 있는 양만보는 크게 허리를 굽혔다.

"잠시만 기다리시면 됩니다. 태원루가 자랑하는 최고의 음식들이 번개같이 나올 것입니다."

이어 그는 백리휴에게 '잘모셔' 하는 눈짓을 하고는 이내 문을 닫고 밖으로 나갔다.

"우린 당신이 서안에 나타날 줄은 몰랐소."

황의인은 갈의노인에게로 고개를 돌린 채 무뚝뚝한 음성을 했다.

흑의인 역시 동감이라는 듯 고개를 끄덕였다.

"더군다나 우리를 만나고 싶다고 연락까지 보내다니……. 과연 당신은 우리의 예측을 빗나가게 하는구려."

죽립으로 얼굴을 가리고 있었으나 목소리는 노인의 것이었다. 아마도 갈의노인과 엇비슷한 나이로 짐작되었다.

"식사를 가지고 왔습니다."

그때 문이 열리며 각종 요리를 담은 접시들을 들고 세 명의 점원이 안으로 들어왔다.

"주홍무두부는 제가 먹을 거니까 여기로 주세요. 그리고 초마면은 우리 할아버지 거구요."

"알겠습니다."

당애령이 눈을 반짝이며 말하자 점원들은 익숙한 솜씨로 가지고 온 음식들을 탁자 위에 내려놓았다.

이어 점원들은 들어올 때와 마찬가지로 이내 문을 닫고 나가자, 갈의노인은 두 사람을 둘러보며 말했다.

"일단 내가 그대들 것까지 시켰네. 가만? 주홍무두부나 내가 시킨 초마면은 알겠는데 저 두 가지 것들은 뭔가?"

그는 백리휴에게로 시선을 돌렸다.

백리휴는 말했다.

"그것은 동파육(東坡肉)과 염국계(塩焗鷄)입니다."

"동파육이라면 소동파가 만들었다고 알려진 요리지?"

"그렇습니다. 일설에 의하면 소동파가 요리를 하던 중에 오랜 친구가 그를 방문해 바둑을 두게 되었는데, 너무 바둑에 열중해서 고기가 탈 때까지 까맣게 잊고 있었다고 합니다. 그래서 해서 만들어진 돼지요리가 바로 동파육인 셈입니다. 그런데 본래 이 사건이 발생된 곳은 황주(黃州)였는데, 후에 남송의 수도인 항주로 확산되어 규화계(叫花鷄:거지닭)와 함께 그곳의 대표적인 요리가 되었습니다."

시자란 단순히 시중을 드는 것만은 아니다.

지금처럼 손님들이 의문을 가지는 요리나 음식에 관해 설명해주는 것도 시자가 할 일 중의 하나였다.

"염국계란 뭔가?"

"그건 우리 태원루에서 만들어 낸 닭요리입니다. 소금으로 간을 한 뒤 찐 겁니다. 맛을 보신 손님들이 매우 만족해 하더군요."

"그렇다는군."

갈의노인은 두 사람을 향해 넌지시 시선을 던졌다.

황의인은 우측에 있는 동파육을, 흑의인은 염국계를 자기 앞으로 가져갔다.

"우공(愚公), 당신이 흑마곡 안에서 나왔다는 건 과거의 약속을 지키지 않겠다는 뜻이오?"

문득 황의인은 젓가락으로 동파육 한 점을 들어 입안에 넣으며 무뚝뚝한 음성으로 물었다.

그의 입에서 흘러나온 우공이란 명칭은 갈의노인을 지칭하는 것 같았다.

갈의노인 우공은 담담한 얼굴을 했다.

"지키지 않겠다는 말이 아니야. 이젠 지킬 필요가 없다는 거지."

"으음……."

"음……."

황의인과 흑의인의 입에선 동시에 묵직한 신음성이 흘러나왔다.

말이란 아와 어가 다르다.

약속을 지키지 않겠다는 말과 약속을 지킬 필요가 없다는 말은 그 의미가 정반대라고 할 수 있었다.

전자의 것이 다소 수동적이라면 후자의 말은 매우 능동적인 의미.

'이 말은 우공이 약속 정도는 지키지 않을 정도로 강해졌다는 뜻일 터…….'

'과연 그렇단 말인가?'

죽립 아래로 흘러나오는 그들의 눈빛이 납덩이처럼 무거웠다.

스스로를 어리석은 자, 우공이라고 칭하는 갈의노인.

그는 이 하늘 아래서 가장 괴이한 다섯 명 중의 하나였으며, 또한 적수가 없을 정도의 강한 무인이었다. 만인의 추앙을 받는 소림사의 장문인이라고 해도 우공의 가벼운 손짓 하나면 죽을 수밖에 없을 정도였다.

사실 황의인과 흑의인은 매우 높은 신분의 소유자였고, 특히 이 서안 일대에선 독보적인 지위에 있었다. 그만큼 뛰어난 무공의 소유자들이기도 했다.

그러나 그런 그들도 우공을 제압하기 위해서 다른 자의 도움을 받아야만 했다. 그것이 이십 년 전의 일이었다.

그가 본래 가지고 있던 별호 대신 '우공'이란 명칭을 사용한 것도 바로 그때였다.

후룩.

우공은 초마면을 먹으면서 감탄했다.

"대단하군. 이렇게 맛있는 초마면은 처음이야."

당애령도 입안으로 기름에 튀긴 두부를 먹으면서 고개를 끄덕였다.

"저두요. 이 두부 정말 맛있어요. 으음……. 한 그릇 더 먹을 수 있을 것 같아요."

"허허, 먹을 수만 있다면 실컷 먹어두어라."

그들 조손은 쉴 새 없이 얘기를 주고받으며 음식을 먹어갔다.

그런 그들을 보며 황의인은 무감각한 음성으로 입을 열었다.

"이유를 알고 싶소."

우공은 입에 초마면을 입에 넣다 말고 의아한 듯 그를 바라보았다.

"뭔 이유?"

"이십 년 만에 약속을 파기하고 나온 당신이 고작 이런 음식을 먹으려 우리들을 불렀을 리는 만무한 일……."

"무슨 소린가? 먹는 것만큼 중요한 일이 또 어디에 있다고……."

"이런 음식 따위를 먹자고 우릴 불렀다는 건 이해가 되지 않는 일이오."

"쯧쯧……. 이렇게 맛있는 음식을 고작이라니……."

우공은 안타깝다는 듯 혀를 찼다.

"본래 옛말에 이런 말이 있지. 민이식위천(民以食爲天)이라고. 혹 그대들은 이 말 뜻을 아는가?"

"만이식위천……?"

"백성은 먹는 것을 하늘로 여긴다……?"

느닷없는 말에 황의인과 흑의인은 곤혹스런 눈빛을 했다.

"모르는 모양이로군. 그럼 자넨 이 말을 알고 있나?"

이번엔 우공의 시선이 백리휴에게로 돌려졌다.

백리휴는 담담한 얼굴로 고개를 끄덕였다.

"그건 춘추 시대의 정치가 관중(管仲)이 한 말입니다. 본래는 왕지이민위천(王者以民爲天) 민이식위천이니, 능지천지천자(能知天之天者) 이가의(斯可矣)지요."

왕은 백성을 하늘로 여기고, 백성은 음식을 하늘로 여긴다. 능히 하늘의 하늘을 아는 자만이 왕이 될 수 있다라는 뜻이다. 그만큼 먹는 것이 중요하다는 말이었다.

우공은 제법이라는 얼굴을 했다.

"호오, 대단하군. 일개 시자가 그런 고사를 알고 있다니. 설마 학사라도 되는 건가?"

"그저 주워 들은 풍월일 뿐입니다."

백리휴는 입가에 씁쓰레한 미소를 지어 보였다.

흑의인은 냉랭히 코웃음을 쳤다.

"먹는 것을 밝히면 식탐이 많다고 놀림을 받을 수밖에 없다. 대부분의 인간들은 음식을 먹는 일 따위보다는 더욱 중요하고 귀한 일이 많다고 생각할 것이다."

"물론 대인의 말씀이 옳습니다. 하지만 그 어떤 일도 음식을 먹는 것을 앞설 수는 없습니다."

"어리석은 대답이로구나. 대체 음식이 왜 중요하다는 것이냐?"

"홍범(洪範)에 보면 구주(九疇)에 대한 얘기가 나옵니다."

"홍범? 구주?"

"홍범은 주서(周書)의 편명(篇名)이며, 구주는 기자(箕子)가 무왕(武王)의 물음에 대답한 천하를 다스리는 아홉 가지의 대법(大法)을 말하는 것입니다."

천하를 다스리는 아홉 가지 대법.

그것은 오행(五行), 오사(五事), 오기(五紀), 삼덕(三德) 등을

말하는 것인데, 그 아홉 가지 대법 중에는 팔정(八政)이란 게
있었다.

"팔정이라는 것은 그 첫째가 음식, 둘째가 화(貨:상업), 셋째
는 사(祀:제사)이고, 네 번째가 사공(司空:민정), 다섯 번째가 사
도(司徒:교육), 여섯 번째는 사구(司寇:사법),일곱 번째가 빈(賓:
외교), 마지막 여덟 번째가 사(師:군사)라고 했습니다. 그 팔정
중의 첫 번째가 음식이라는 것은 그만큼 먹는 게 중요하기 때
문입니다. 그 이유는 인간이란 먹지 않고선 살아갈 수 없으니
까요."

돈을 벌지 않아도 살 수 있다. 또한 교육을 받지 않아도 죽
지는 않으며, 제사를 지내지 않거나, 법을 몰라도 살 수 있다.

그러나 단 한 가지 먹지 않고선 인간은 죽을 수밖에 없는 존
재이니, 당연히 음식이야말로 가장 중요한 것이라고 할 수 있
었다.

"말재주가 좋구나."

흑의인은 기이한 눈빛으로 잠시 동안 백리휴를 바라보더니
퉁명스럽게 말했다.

"그 정도면 적어도 향시에 응시만 하면 합격하겠구나."

한마디로 '그렇게 아는 놈이 왜 시자를 하는 것이냐?'라는
비웃음이었다.

"저 때문에 심기가 어지러워지셨다면 죄송합니다."

백리휴는 뜻밖에 상대가 불편한 눈빛을 하자 이내 고개를
숙였다.

절대 손님의 비위를 거스르지 말아야 한다는 게 시자의 첫 번째 원칙이었고, 그것을 어겼다면 시자로서의 자격이 없는 것이나 마찬가지였기 때문이었다.

"더 이상 여기에 있는 것은 의미가 없겠소."

　황의인은 탁자에서 몸을 일으키자 흑의인 역시 자리에서 일어났다.

"선비는 사흘만 헤어지고 만나도 달라진다고 했소."

　문득 황의인은 여전히 무거운 눈빛을 한 채 초마면을 먹고 있는 우공을 주시했다.

"당신은 이십 년 동안 흑마곡에 있었으니 과거와 비교해 얼마의 진전이 있었는지 궁금하구려."

"그대들도 과거보다는 나아진 것 같군. 대체 얼마나 달라진 건가?"

　동문서답 식으로 오히려 우공이 묻자 황의인과 흑의인은 잠시 침묵을 지켰다.

　그러다 문득 그들은 이구동성으로 말했다.

"나는 이미 검을 버렸소."

"나 또한 빈 손이 된 지 제법 되었소."

　검을 버렸다는 말과 빈손이 되었다는 말은 스스로 병기가 필요치 않은 경지에 달했다는 뜻. 검으로 말하자면 이는 마음 속에 검을 두었다는 심검지경으로 가히 무위가 초절정에 이르렀다는 말이었다.

　일반적으로 내공이 일 갑자면 일류고수이고, 이 갑자면 절정, 삼 갑자라면 초절정으로 분류된다.

삼 갑자의 공력은 당금 강호에서도 극소수에 지나지 않았고, 천하에 그 명성을 떨치고 있는 구파일방의 장문인들만이 올랐으리라고 추측될 정도였다.

결국 황의인과 흑의인은 스스로 구파일방 장문인들과 같은 경지라고 자신하는 것이었다.

그들은 재빨리 물었다.

"우공, 당신은 어느 정도에 이르렀소?"

"설마 퇴보한 것은 아닐 텐데……."

우공은 피식 웃으며 짧게 말했다.

"아망기료아(我忘記了我)……."

나는 나를 잊었다라는 말!

그 말이 떨어진 순간, 두 사람의 몸은 부르르 경련을 일으켰다.

나를 잊었다는 말은 망아지경, 혹은 무아경이라고 한다.

스스로 자부심을 가지고 있는 그들의 경지인 심검지경을 뛰어넘는 단계로, 그것은 하늘이 극소수의 인간에게만 허락한다는 금단의 경지이기도 했다.

'무, 무아경이라니……. 그렇다면 우리가 합공을 한다고 해도 저자의 손아래서 삼십 초를 넘기지 못한다는 말…….'

'이미 인간의 경지를 벗어났다…….'

죽립 아래 감추어진 그들의 안색은 백짓장처럼 창백하게 일그러져 있었다. 그만큼 충격이 큰 탓이었다.

"우린… 그만 가보겠소."

복잡한 눈빛으로 바라보던 그들은 천천히 몸을 돌렸다.

그때 우공이 그들에게 말을 던졌다.

"날 보고 그냥 가려고 하는가?"

그들의 신형이 멈칫거렸다.

"무슨 의미요?"

"설마 당신은 우리들을 제거……?"

"아아… 엉뚱한 상상은 하지 말게. 그저 오랜만에 세상에 나왔더니 들어가는 돈이 만만치 않더군. 혹시 남는 돈이 있으면 빌려주게."

"……."

두 사람은 갈의노인의 말에 죽립 아래로 기이한 눈빛을 흘리더니 이내 품속에서 비단으로 만든 손바닥만 한 크기의 전낭(錢囊)들을 꺼내 갈의노인 앞으로 툭 던졌다.

"고맙군."

갈의노인은 전낭들을 즉시 소매 속으로 집어넣었다.

고맙다고는 했지만 마치 당연하다는 듯한 태도였다.

그런 그의 모습을 잠시 바라보던 황의인과 흑의인은 이내 문밖으로 나가 버리는 것이었다.

그들이 나간 문 쪽을 보며 당애령이 눈썹을 찌푸린 채 못마땅한 얼굴을 했다.

"할아버지, 저분들은 나쁜 자들이지?"

"응?"

"할아버지가 그랬잖아. 음식을 남기면 벌 받는다고. 그런데 저분들은 음식들을 몇 젓가락 들지도 않고 모두 남겼잖아! 그렇지? 애령이의 말이 맞지?"

"허허허……. 그래, 애령이 말이 맞다! 어이구, 귀여운 내 새끼!"

우공과 당애령을 바라보면서 백리휴는 내심 한숨을 내쉬었다.

'아무래도 양 총관님에게 혼나겠군. 손님들이 제대로 식사도 들지 않고 나갔다면서 내게 책임을 물으려고 할 테니까. 아아…….'

그의 머릿속은 온통 방금 전 밖으로 나간 두 사람에게 머물러 있었다.

즐겁고 맛있는 식사가 되게 도와주는 게 시자이건만, 오히려 자신은 그 반대의 행위를 한 셈이니 마음이 무겁지 않을 수 없었다.

'설마 그것을 이유로 태원루에서 나가라고 하지는 않겠지……? 절대 그럴 일은 없어야 할 텐데…….'

비록 그가 뛰어난 학문을 지녔다고는 하지만 지금은 주방 보조요원에 불과했고, 게다가 이제 열여섯 살 소년에 지나지 않았다.

*   *   *

'피곤한 하루였다.'

해시 무렵, 태원루를 나서며 백리휴는 나직이 한숨을 내쉬었다.

주방일 때문에 육체적으로 힘들었지만 무엇보다 시자를 하느라고 정신적으로 지쳤기 때문이었다.

'시자가 그리 만만한 게 아니다. 또다시 하라고 한다면 무슨 수를 쓰든 하지 않을 것이다.'

절레절레 고개를 흔들며 앞으로 걸어가는 그였다.

그가 태원루가 있는 거리를 벗어났을 때였다.

"오빠……."

갑자기 앞에서부터 그를 부르는 소리가 들렸다.

백리휴가 고개를 들어 앞을 보자 골목길 끝에 눈에 익은 두 사람이 서 있었다.

평범한 용모의 갈의노인과 귀여운 용모의 백의소녀.

바로 우공과 당애령이었다.

"너로구나."

"헤헤, 아까부터 오빠를 기다리고 있었지."

백리휴가 뜻밖이라는 표정을 짓자 당애령이 쪼르르 그에게로 달려왔다.

"어떻게 된 일이니?"

백리휴는 그녀의 머리를 쓰다듬으며 물었다.

그러자 우공의 음성이 들려왔다.

"아까도 말했지만 오랜만에 이곳에 왔네. 아까부터 숙소를 찾고 있었지만 쉽지 않더군."

"우리 태원루가 마음에 안 들었던 모양이로군요."

"마음에 안 든다기보다는 불편하다는 게 맞는 표현일 것 같네."

우공의 말에 백리휴는 고개를 갸웃거렸다.

태원루는 서안에서도 손꼽히는 주루다. 그것은 음식도 그렇지만 숙박시설로서도 최고라는 의미였다.

"그럼 다른 주루라도 안내해 드릴까요? 여기서 멀지 않은 곳에 일성루도 있습니다."

우공은 고개를 저었다.

"그게 아니라… 어디 민박을 할 데가 없을까?"

"민박?"

백리휴는 난처한 얼굴을 했다.

민박이라는 건 숙박을 위해 주루와 같은 영업시설이 아닌 민가에 묵는다는 의미인데, 그 역시 서안에서 나고 자랐지만 발이 넓지 않은 관계로 달리 아는 집이 없었다.

"죄송합니다. 제가 아는 곳이 없습니다."

백리휴가 미안하다는 얼굴을 한 채 그를 바라보았다.

우공은 그를 보며 잠시 두 눈을 깜박이다가 불쑥 물었다.

"자네 집은 어떤가?"

"예? 소생의 집……?"

"그렇다네. 보아하니 지금 자넨 퇴근하는 것 같군. 그렇다면 집이 있다는 말일 터. 자네가 민박하면 되지 않겠는가?"

"하나……."

"혹 자네 부모님들이 계신다고 해도 하룻밤 정도뿐이니 신세 좀 지겠네. 자네도 안 된다고 하면 우리 조손은 오늘 밤이슬을 맞을 수밖에 없다네."

사정조로 말하자 백리휴는 고개를 끄덕였다.

"부모님은 일찍 돌아가셨으니 괜찮습니다만… 집이 워낙 누추합니다. 아마도 가보게 되면 실망하실 것입니다."

우공은 가볍게 웃음을 흘렸다.

"좀 전에도 말했지만 밤이슬만 피하면 되네."

"알겠습니다."

"그럼 앞장서게."

"예."

백리휴는 앞서 걸어갔고, 우공은 당애령은 손을 잡고 천천히 뒤따라갔다.

"여기가 자네 집인가?"

우공은 거창하게 크기만 한, 그러면서 폐가나 다름없는 백리가를 보며 입을 쩍 벌렸다.

"자넨 무척이나 큰 집에 사는군."

"조상 대대로 살아온 곳이니까요. 안으로 들어가시죠."

백리휴는 대문을 밀고 안으로 들어가자, 우공과 당애령은 그 뒤를 따라 문 안으로 들어갔다. 그리고 또 한 번 놀랄 수밖에 없었다.

마당을 가득 메우다시피 자라난 무성한 잡초 때문이었다.

"아니, 집에 관리를 하는 자가 없단 말인가? 이런 잡초를 그냥 놔두고 있다니……."

백리휴는 멋쩍은 듯한 손으로 머리를 긁적거렸다.

"이 집에는 저밖에 살지 않습니다. 그러다 보니 관리할 엄두도 나지 않고요."

우공은 어처구니없다는 얼굴을 했다.

"이렇게 큰 집에 자네 혼자밖에 없단 말인가?"

"그렇게 됐습니다."

그는 씁쓰레한 표정을 지었다.

몰락한 가문, 삼백 년 전에는 최고의 성세를 누렸다지만 그것은 과거에 지나지 않았다.

그는 가늘게 한숨을 내쉬며 한쪽을 가리켰다.

"어르신께서는 저곳에서 주무십시오. 그나마 이곳에서는 저곳만이 쓸 만한 방입니다."

그가 가리키는 곳은 과거에는 가주 전용의 거처였고, 지금은 자신이 방으로 사용하고 있는 위룡전이었다.

"허……."

우공이 혀를 차자, 백리휴는 성큼성큼 걸어가 위룡전 문을 열고 안으로 들어갔다.

위룡전은 밖과는 달리 화려하지는 않아도 제법 깨끗했다.

그것은 백리휴가 이제까지 기거해 왔기에 나름대로 관리를 해왔기 때문이었다.

그는 침대 머리맡에 놓인 협탁에 있는 등잔에 불을 피운 후 안으로 들어서는 우공에게로 고개를 돌렸다.

"보잘것없습니다만 잠을 여기서 주무시면 될 것입니다."

그는 협탁 옆에 있는 침대를 가리켰다.

두 사람이 충분히 누울 수 있는 침대 위로는 창문이 달려 있어 환기가 잘되었을 뿐만 아니라 달빛이 은은히 비추고 있어 아늑한 느낌을 주었다.

"아함, 할아버지 나 졸려."

당애령은 우공을 보며 졸린 듯 길게 하품을 했다.

"그래. 여기에 눕거라."

우공은 그녀를 안아 침대 위에 눕혔다.

하루 온종일 돌아다녔기 때문인지 그녀는 침대에 눕자마자 잠에 떨어지고야 말았다.

'불쌍한 녀석…….'

우공은 잠든 그녀의 머리를 쓰다듬으며 애잔한 눈빛을 했다.

그는 백리휴를 돌아보았다.

"우리에게 방을 빼앗겼으니 자넨 어디서 잘 건가?"

백리휴는 담담히 미소 지었다.

"이 뒤쪽으로 가면 가문에서 사용하는 서재가 있습니다. 오늘 하루는 그곳에서 쉬면 됩니다."

"아무튼 고맙네."

"그리고……."

"뭔가? 말해보게."

"소생은 묘시까지는 태원루의 주방에 가야 합니다. 아무래도 아침은 차려드리지 못할 것 같습니다."

"그거라면 괜찮네. 우린 일어나는 대로 태원루에 가서 식사를 하면 되니까."

"그럼 편히 쉬십시오."

백리휴는 그에게 꾸벅 인사를 한 뒤 문을 닫고 밖으로 나왔다.

이어 그는 위룡전 뒤쪽에 있는 서재로 걸음을 옮겼다.

덜컥.

서재 문을 밀고 들어간 그는 주위를 둘러보지도 않고, 책꽂이 옆에 놓인 의자에 앉았다.

의자 옆에는 당연히도 책상이 있었고, 그는 책상 위에 있는 등잔의 심지에 불을 켜 실내를 밝혔다.

"석 달 만에 온 셈이로군."

나직이 중얼거리는 그의 코끝으로 좋지 않은 냄새가 들어오자 얼굴을 찌푸렸다. 그동안 서재에 쌓인 먼지 냄새였다.

"언제 시간 날 때 다시 한 번 청소를 해둬야겠구나."

그는 의자에 앉은 채 몸을 한껏 뒤로 젖힌 채 두 눈을 감았다.

일반 의자와는 달리 다리 밑이 둥글게 만들어져 있어 안락한 느낌을 주었으나, 백리휴는 좀처럼 잠을 이루지 못했다.

'벌써 운려가 이곳을 떠난 지도 석 달이 넘었구나. 그녀는 지금 화산에서 무엇을 할까? 아무래도 무공을 수련하고 있겠지. 화산파가 구파일방 중 하나이나 그녀라면 잘하고 있을 것이다. 화운려는……'

한동안 잊고 있던 화운려의 생각이 불현듯 떠오르자 주마등처럼 그녀와 함께 있었던 지난 몇 년간의 일들이 머릿속으로 스쳐 지나갔다. 그리움이었다.

"휴우……"

한동안 그렇게 있던 그는 천천히 감고 있던 눈을 떴다.

눈을 감고 있는 동안 떠오르던 그녀의 얼굴은 그가 눈을 뜨자 보이지 않았다.

"아무래도 잠을 자긴 그른 것 같구나."

그는 다시 몸을 일으키고는 서재 밖으로 나갔다.

달빛이 교교했다.

서재 앞에서 달빛을 바라보던 그는 크게 숨을 들이켰다.

'무극팔로세를 연습해야겠구나. 피로를 풀기 위해선 그것보다 좋은 게 없으니……'

그는 몇 차례 호흡을 하더니 이내 무극팔로세를 펼치기 시작했다.

무극팔로세는 매우 더디게 움직이며 관절 부위를 비롯한 전신을 사용하는 일종의 체조였다.

본래 이와 같은 체조는 단계 단계마다 움직임이 구분되었는데, 그것은 그럴 때마다 호흡을 해야만 하기 때문이었다.

민간에 널리 알려진 태극권이라는 것도 매우 느릿하게 펼치는 것이었고, 한 움직임에서 다른 움직임으로 넘어갈 때마다 동작을 멈추고 숨을 쉬어야만 했다.

만약 그렇게 하지 않는다면 호흡곤란을 비롯한 커다란 부작용을 겪게 된다.

그런데 지금 백리휴가 펼치고 있는 무극팔로세는 느리긴 했으나 그 동작들이 쉼없이 연속되고 있었다.

더군다나 가늘게 내뱉어지고 있던 호흡마저 어느 순간부터 거의 멈추어져 있었는데, 이는 무극팔로세를 펼치고 있는 백리휴 자신도 인지하지 못하는 사실이었다.

한 가지 기이한 것은 어느 순간부터 그는 푸왁푸왁 연신 방귀를 끼고 있다는 것이었다.

그것도 코가 아리게 할 정도의 지독한 방귀 냄새.

그러나 정작 당사자인 백리휴는 무극팔로세에 빠진 듯 그러한 냄새조차 못 맡는 듯했다.

얼마 동안 무극팔로세를 펼쳤을까.

백리휴는 천천히 모든 움직임을 멈추었다.

그의 전신은 온통 땀투성이였으나 머리만큼은 찬물을 뒤집어 쓴 것만큼 맑았으며 상쾌하기까지 했다.

"훌륭하군."

그때 담담한 음성이 옆에서 들려오며 갈의노인이 어둠 속에서 천천히 걸어왔다. 바로 우공이었다.

"아직 주무시지 않으신 겁니까?"

백리휴는 우공을 보며 물었다.

우공은 고개를 끄덕였다.

"달빛이 너무 좋아서인가? 잠이 오지 않더군. 그런데 지금 자네가 펼친 게 무엇인가? 혹시 가문의 무공인가?"

"아닙니다."

백리휴는 가볍게 얼굴을 붉혔다.

"가문에서 대대로 내려오는 것이긴 한데 무공이 아니라 그저 건강을 도와주는 체조인 셈이죠."

"그게 체조였단 말인가?"

"명칭은 무극팔로세라고 합니다만 별다른 것은 없습니다. 이렇게 펼치고 나면 피로가 풀리고 잡념이 사라지는 정도죠. 오늘처럼 잠이 안 오는 날일 때면 제격이죠."

"허허, 그렇다면 그 무극팔로세라는 게 자네 수면용이로군."

우공이 소탈한 웃음을 흘렸다.

그러나 그는 내심 기이한 듯 중얼거렸다.

'체조치고는 너무도 자세가 안정되어 있었다. 또한 이어지는 동작은 너무도 완벽해서 만약 그것이 무공초식이었다면⋯⋯.'

여기까지 생각이 미치자 그의 눈빛이 차갑게 굳어졌다.

'그렇군. 그것은 완벽한 수비였다. 외부의 공격에서도 자신을 보호하기 위한⋯⋯.'

무공에 관한 한 그는 천하에서 다섯 손가락 안에는 드는 절대무인이었다.

그런 그의 눈에 보인 무극팔로세는 결코 평범한 체조 따위가 아니었다.

그가 물었다.

"혹 자네의 가문은 과거에 무가였었나?"

백리휴는 조금은 어두운 얼굴을 한 채 말했다.

"예전에는 그랬다고 들었습니다. 삼백 년 전에는 백리세가라 하여 제법 명성이 있었다고 하더군요."

"백리세가라……."

우공은 생소한 듯 나직이 중얼거렸다.

하기야 하룻밤에도 수많은 강호의 문파들이 없어졌다가 다시 출현하곤 한다.

그러니 삼백 년 전의 세가였던 곳이 몰락했다는 건 그리 놀랄 만한 일도 아니고, 어쩌면 지극한 자연스런 상태라고 할 수 있었다.

그는 백리휴를 보며 입을 열었다.

"애령이에게 들었네만 자네의 이름이 백리휴라고 하더군."

"그렇습니다, 어르신……."

"허허, 어르신이라는 말은 내가 너무 늙은 것 같아 불편하군. 난 스스로를 우공이라고 칭하니 자네도 그렇게 부르도록 하게."

"정 그러시다면 노야라고 하겠습니다."

"그것도 괜찮군. 내가 자네의 맥을 한 번 살펴보았으면 하네만… 괜찮겠는가?"

백리휴의 정중한 대답에 우공은 가볍게 실소하며 말했다.

"의술을 알고 계시는 겁니까? 하지만 보기와는 달리 저는 건강한 몸입니다. 그래도 의심스럽다면 한 번 보십시오."

백리휴는 눈앞의 우공이 말라 보이는 자신의 외모 때문에 걱정한다고 생각한 듯 팔을 내밀었다.

우공은 그의 팔을 잡은 채 맥을 살폈다.

잠시 동안 그의 맥을 잡고 있던 그는 백리휴의 팔을 놓으며 빙긋 웃어 보였다.

"그렇군. 자네 말대로 몹시 건강하군. 맥도 아주 힘차고. 아무래도 그 무극팔로세인가 하는 체조덕분인 것 같네."

"하하, 그렇다니까요. 이게 보잘 것은 없지만 그대로 대대로 내려온 건강체조니까요."

백리휴는 밝게 웃어 보였다.

그런 그를 보며 우공은 애석한 듯 혀를 끌끌 찼다.

'몸엔 내공이 쌓인 흔적이 없다. 이 말은 곧 내공을 수련하지 않았다는 뜻. 결국 그가 펼쳤던 무극팔로세라는 게 체조 이상의 가치가 없다는 의미겠지. 흠, 이놈을 제자로 확 삼아 버려? 이만하면 재질도 괜찮으니까.'

기실 그가 민박 운운하며 백리휴의 집으로 온 까닭은 백리휴의 자질이 뛰어나서였다.

깡마른 체구와는 달리 그의 골격은 굵은 편인데, 이는 그가 완골(完骨:통뼈)의 소유자라는 의미였다.

물론 완골이라고 해도 다 무재가 있는 것은 아니지만, 적어도 그의 눈에 들어온 백리휴의 모습은 완골 중의 완골이었다.

'비록 무극팔로세라는 게 몰락한 가문의 무공 중 하나일 테고 매우 허점에 많은 거겠지만 오랫동안 수련을 해왔다면 몸 하나만큼은 완벽해졌을 것이다. 이 녀석을 제자로 삼는다면……'

여기까지 생각을 하는 내심 안타까운 한숨을 흘렸다.

사제지간이 된다는 것은 사부의 업까지 제자가 이어받는 것을 의미한다.

좋든 싫든 자신은 강호의 명숙들과 등을 돌린 상태였고, 그들 대부분은 원수라고 해도 좋을 정도였다.

'그 말은 곧 녀석을 제자로 받아들이는 순간… 그때부터 이 녀석의 삶도 그리 좋게 되지는 않겠다는 말이겠군.'

그는 절레절레 고개를 흔들며 말했다.

"이런 이 늙은이가 자네를 너무 오랫동안 잡아두었군. 그만 들어가 쉬도록 하게."

"예. 노야께서도 쉬도록 하십시오."

백리휴는 그에게 고개를 숙인 뒤 서재 안으로 들어갔다.

우공은 고개를 들어 암천으로 시선을 던졌다.

휘영청한 달빛이 어둠이 내려앉은 사위를 은빛으로 물들이고 있었다.

그는 나직이 중얼거렸다.

"제자 같은 건 필요없다고 생각했는데… 만약 지금과 같은 상황이 아니었다면 내 모든 것을 전수해 주었을 것이다."

아쉬움이 컸다.

평생을 통틀어 단 한 번 지금 욕심을 낸 그였다.

그러나 인연이란 억지로 한다고 되는 것이 아니니 운명에 따를 수밖에 없었다.

"아깝구나. 만약 애령이의 일만 아니었다면 ……."

달빛이 수심에 깃든 그의 동공 속으로 떨어졌다.

어느새 축시를 알리는 북소리가 멀리서부터 들려왔다.

둥둥…….

第四章

경천동지할 무극팔로세의 위력

왕
면 백
리
휴

다음 날 태원루의 주방으로 아침 일찍 출근한 백리휴는 즉시 밀가루 반죽부터 하기 시작했다.

앞으로 한 시진 동안 태원루에서 사용해야 할 밀가루들을 반죽해야 했기에 조금의 쉴 틈이 주어지지 않았다.

그리고 나서는 설거지와 주방 내 여러 가지 심부름을 해야 했기에 눈코 뜰 사이조차 없었다.

아직 아침시간이 되지 않았을 때, 오장명이 화덕 위로 커다란 냄비를 올려놓고는 그를 불렀다.

"약속한 대로 오늘부터 초마면을 배워야 한다."

"예."

백리휴가 대답하자 오장명은 미리 준비해 두었던 새우와 오징어 등 각종 해물과 돼지고기 몇 점을 냄비 속에다 우르르 쏟아 넣었다.

"초마면은 매우 간단한 국수다. 이렇게 각종 해물과 고기를 기름에 넣고 일차적으로 볶는다. 그 다음……."

그는 역시 도마 위에 있는 양파 등을 볶고 있는 고기 위에다 넣고는 다시 한 번 볶기 시작했다.

치익… 칙…….

채소가 들어가자 냄비에선 연신 증기통에서 뜨거운 바람 빠지는 듯한 소리가 났다.

"요령은 해물과 고기가 완전히 익은 뒤 채소를 넣고 볶는데, 약간은 덜 익힌다는 생각으로 볶는 게 좋다. 그런 다음 이미 준비해 삶은 면을 넣고 끓인 육수를 넣으면 그것으로 끝이지."

그의 설명처럼 매우 간단한 국수가 초마면이었다.

사실 국수는 크게 여섯 종류로 나눈다.

뜨거운 국물에 삶은 국수를 넣은 탕면(湯麵)과 다양한 재료와 함께 볶은 초면(炒麵), 여러 가지 재료를 넣어 버무린 반면(伴麵), 차가운 즙으로 뿌리거나 비빈 양반면(凉伴麵), 국물에 넣어 끓이는 외면(煨麵), 국수를 삶거나 쪄서 기름에 튀긴 작면(炸麵)이 바로 그것이다.

이 세상에는 밤하늘의 별만큼이나 많고 다양한 국수가 존재하나, 크게 이 여섯 가지의 분류에서 벗어나지 않는다.

초마면에서 '초' 자는 볶는다는 의미를 가지고 있으니, 당연히 볶아내는 국수였다.

단순히 볶아내는 것이라고 해서 쉽다고 생각하지만 그것은 오장명처럼 숙련된 면수만이 할 수 있는 말이었다.

무엇보다 미리 육수로 만들어 내는 국물은 오직 면수들만이 가진 공개되지 않은 비밀이었고, 게다가 해물과 고기, 그리고 채소를 맛있게 볶는다는 건 생각만큼 쉽지도 않았다.

오장명이 백리휴에게 초마면에 대해 가르쳐 준 것은 직접 그 앞에서 한 번 만들어 본 것에 지나지 않았다.

"모두 알려줬으니까 맛을 내는 게 모두 네게 달려 있다. 이젠 그만 돌아가도 좋아."

오장명의 말에 백리휴는 다소 허탈한 기분이 들었다.

'배우라고 해놓고선 겨우 내 앞에서 초마면을 한 번 만들어 본 것에 지나지 않았다. 직접 알아서 하란 말인가? 쉽지 않군.'

어려서부터 면수였던 할아버지와 아버지 덕분에 국수가 누군가에게 배운다는 게 그리 쉽지 않음은 잘 알고 있었으나, 설마 단 한 번 국수를 만들어 보인 뒤 알아서 하라는 식으로 할 줄은 몰랐던 것이다.

그러나 백리휴는 오장명에게 꾸벅 인사를 한 뒤 물러나야 했다.

"잘 배웠습니다."

*   *   *

가문의 비서인 백리면요결은 국수를 만들기 위한 여러 가지

설명서이기도 하지만, 그것은 결국 하나의 면을 만들기 위한
것이기도 했다.

백리면.

즉, 백리가에서 만든 국수란 말인데, 그것은 일종의 납면(拉
麵:중국발음상 라멘)이었다.

앞서 국수가 여섯 가지로 나뉜다고 했지만 그것은 조리 방
법에 따른 분류이고, 제조 방법에 따라선 납면, 압면(押麵), 절
면(切麵), 선면(線麵), 하분(河紛) 등으로 나눌 수 있다.

이것들 중에서 납면은 밀가루 반죽을 양쪽으로 길게 잡아당
겨서 가닥을 만들어내는데, 이것이 백리휴가 수타를 배워야
하는 이유였다.

또한 백리면을 제대로 만들기 위해선 그전에 여러 가지 국
수를 만들어 다양한 경험을 쌓아야만 했다.

'특히 감숙성 난주의 명물인 우육면(牛肉麵)과 홍소우육면(紅
燒牛肉麵)은 반드시 배워야만 한다고 했지. 그저 단순히 배우는
정도가 아니라 가히 달인의 경지에까지 이르러야 한다고 했고.
하지만 이 간단한 초마면도 제대로 못 만드는 내가 그런 달인의
경지에 이를 수 있을지 모르겠구나.'

백리휴는 정신을 가다듬으려 듯 절레절레 고개를 흔들다가
곧 주방 안에서 커다란 냄비와 함께 채소, 고기 등을 가져왔다.

'일단 육수는 어르신이 만들어 놓은 것을 쓰기로 하고 초마
면을 내가 직접 만들어 봐야겠다.'

그는 머릿속으로 오장명이 초마면을 만들 때의 순서를 떠올

리며 재료들을 다듬기 시작했다.

먼저 돼지고기와 금오적(金烏賊:갑오징어), 새우 등을 손질하여 적당한 크기로 자르는데, 해삼, 돼지고기, 소라는 편으로 썰고 금오적의 몸통 부분은 칼집을 넣어 적당한 길이로 썰어 놓는 게 요령이었다.

그다음은 양파는 조금 굵게 채를 썰고, 채소와 마늘, 생강은 얇게 저미는데, 청경채는 손가락 세 마디 크기로, 대파는 손가락 한 마디 길이로 썰면 된다.

이렇게 준비가 끝나면 냄비를 화로 위에다 올리고 기름을 두른 뒤 마른 고추, 고기, 대파, 생강, 마늘을 넣고 볶다가 고춧가루를 넣고 또 한 번 살짝 볶는다.

준비한 채소를 볶은 후 금오적 및 새우 등 해물을 넣고 잠시 동안만 다시 볶는다. 그다음이 육수를 부어 국물이 자작할 정도로만 끓이면 되는데, 마지막으로 그 위에다 미리 준비해 둔 삶은 면을 올려놓으면 되는 것이다.

"다 됐군."

한참 동안 땀을 뻘뻘 흘린 뒤에야 백리휴는 접시 위에다 초마면을 담아낼 수 있었다.

초마면.

지금 자신이 만드러낸 이 초마면은 오장명이 만든 것과는 어딘지 모르게 다른 느낌을 주었다.

'일단 색깔이 안 좋군. 윤기 나는 붉은색이 감돌아야 하는데… 냄새도 조금 그렇군.'

왠지 자신이 만들어 놓고도 선 듯 손이 가지 않았다.

"그래도 일단 맛을 봐야지."

그는 나직이 중얼거리며 젓가락으로 막 초마면을 뜰 때였다.

"뭐야? 네가 만든 초마면이냐?"

그의 옆으로 다가온 임호관이 제법이라는 표정을 했다.

"그래. 뭐든 손으로 직접 해보는 게 최고지. 어디 우리 신입이 만든 거 한번 맛이나 볼까?"

그는 백리휴가 뭐라고 할 사이도 없이 그의 손에 쥐어져 있던 젓가락을 빼 들더니, 이내 면박을 휘릭 감아 입으로 가져갔다.

후루룩.

갑자기 임호관의 두 눈이 퉁방울만 하게 커졌다.

그것은 마치 뜨거운 불덩어리라도 입에 물고 있는 듯한 모습인데, 그는 억지로 입안에 있던 면발을 꿀꺽 삼켰다.

그런 그를 보며 백리휴가 조심스럽게 입을 열었다.

"맛이… 없나요?"

임호관은 젓가락을 내려놓으며 어이없다는 얼굴을 했다.

"신입… 너 우리 태원루 초마면을 먹어본 적이 있어?"

"……."

백리휴는 멈칫거렸다.

그러고 보니 그가 태원루의 주방에서 일한 이래로 초마면을 먹어본 적이 없었다.

'아버님이 돌아가시기 전까지만 해도 아버님이 직접 국수를 해줬으니까. 그 이후론 형편도 되지 않았고…….'

백리후는 고개를 떨구었다.

"어, 없습니다……."

"돌아버리겠네. 그럼 맛도 모르는 놈이 지금 초마면을 만든 거 아냐? 걷지도 못하는 놈이 뛰어보겠다고 안간힘을 쓰는 꼴이잖아!"

"죄, 죄송합니다, 호관이 형……."

"죄송할 정도는 아니고… 아무튼 잠시만 기다려 봐."

임호관은 퉁명스럽게 말하곤 이내 주방 안으로 뛰어갔다.

백리휴는 자신이 만든 초마면을 내려다보았다.

'대체 어떤 맛이길래…….'

그는 슬그머니 젓가락을 들어 면을 건지고는 입으로 가져갔다.

'욱!'

그는 자신도 모르게 내심 비명을 질렀다.

사실 초마면을 먹어본 적이 없어서 맛이 어떤지는 정확히 알 수 없었으나, 지금 자신이 만든 초마면은 어찌 된 일인지 시금털털하여 좀처럼 삼킬 수조차 없었기 때문이다.

앞서 임호관이 그랬던 것처럼 억지로 목구멍으로 삼킨 그는 길게 한숨을 내쉬었다.

"인간이 먹을 게 아니로구나."

"그걸 알았으니 다행이로군."

다시 돌아온 임호관의 양손에는 초마면이 담긴 접시들이 들려져 있었다.

"한번 먹어봐. 오 영감님이 만든 초마면이 왜 태원루 최고라고 하는지."

척!

그는 양손에 들고 있던 접시들을 도마 위에다 내려놓았다.

접시 안에는 자작거리는 국물 위로 면과 함께 각종 해산물 등과 함께 담겨져 있었는데, 보자마자 입안에 침이 고이는 듯한 느낌을 주었다.

"먹자구. 어차피 점심을 먹어야 하니까."

임호관은 근처에 있던 의자 두 개를 가지고 와서는 그 중 한 의자에 앉았다.

"너도 앉아서 초마면부터 먹어봐. 지금으로선 그게 가장 중요한 일이니까."

"알았습니다."

이어 백리휴는 의자에 앉아 임호관과 함께 초마면을 먹기 시작했다.

후루룩… 쩝쩝…….

처음 면발을 입에 넣은 순간, 백리휴의 두 눈이 화등만 하게 커졌다.

'맛있다…….'

달리 그 어떤 생각이 떠오르지 않았다.

임호관이 가지고 온 초마면은 자신이 만들었던 것과는 달리 혀에 착착 감기는 느낌을 주었는데, 동시에 혀끝이 얼얼할 정도로 매웠다.

그럼에도 불구하고 계속해서 먹히는 것은 매운 맛이 오히려 입맛을 살려주었기 때문이다.

"초마면 맛이 어때? 괜찮지?"

"정말 맛있습니다."

임호관이 씨익 웃으며 묻자 백리휴는 감탄한 듯이 대답했다.

"흐흐, 그럴 거야. 이 임호관님이 직접 만든 거니까."

임호관이 두 눈을 가늘게 뜨고는 낮은 웃음을 토했다.

백리휴는 멈칫거렸다.

"그럼 이게 어르신이 만든 게 아니라는 겁니까?"

"오 영감님이 손님이 주문한 것도 아닌데 우리가 먹을 걸 만들 것 같아? 서당개 삼 년이면 풍월을 읊는데 나도 태원루 주방, 그리고 오 영감님 아래서 국수를 말은 지 벌써 이 년이 넘었다고."

오장명이 아닌 임호관이 만든 초마면.

백리휴에겐 아직 갈 길이 멀었다.

*   *   *

그날 밤, 자시를 알리는 북소리가 들릴 무렵에야 백리휴는 한 손에 뭔가를 잔뜩 싼 보자기를 들고 백리가의 문을 밀며 안으로 들어섰다.

"이제 오는군."

앞에서 말소리가 들려왔다.

우공이 마당 한가운데에 뒷짐을 쥔 채 서 있었다.

"노야……."

백리휴는 뜻밖이라는 얼굴을 했다.

어제 하룻밤만 신세진다고 했으니 이미 지금쯤이면 집을 떠났을 거라고 생각한 그였다.

우공은 여전히 담담한 눈빛으로 그를 응시했다.

"우리가 갔을 거라고 생각했는가?"

"그렇습니다."

"사실 그러려고 했네. 그런데 그게 여의치 않게 되더군……."

"오빠……."

그때 위룡전 방문이 열리며 당애령이 쪼르르 달려 나오더니 그에게 덥썩 안기는 것이었다.

"아까부터 기다리고 있었어."

백리휴는 한 손으로 그녀의 머리를 쓰다듬었다.

"애령이처럼 예쁜 아이는 일찍 자야 하는데 왜 나를 기다린 거지?"

당애령은 귀엽게 미소 지었다.

"헤헤……. 그냥 오빠 보고 자려고. 이제 봤으니까 난 이만 들어가서 잘게. 오빠도 잘 자. 내 꿈 꿔."

그녀는 다소 피곤한 얼굴을 하더니 다시 방 안으로 들어갔다.

백리휴는 우공에게로 고개를 돌렸다.

"애령이가 어디 아픈 겁니까? 머리에 열이 많이 나는 것 같은데……."

우공은 안쓰럽다는 눈빛을 했다.

"그리 걱정할 건 없네. 오랫동안 여행하느라 여독이 생긴 모양일세."

"하면 의원에게 진맥이라도 해야 하지 않겠습니까?"

"걱정할 건 없네. 의술이라면 나 역시 어느 정도는 알고 있으니까. 그리고 여독은 병이 아닐세. 그저 한동안 편히 쉬면 낫는 것이니 말일세."

그는 품속에서 뭔가를 꺼내 백리휴에게 가볍게 던졌다.

백리휴는 눈앞으로 뭐가 날아오자 얼떨결에 받아들었는데, 그것은 그제 태원루의 별실에 나타났던 황의인과 흑의인이 우공에게 준 두 개의 전낭 중 하나였다.

"이, 이걸 어찌 제게 주시는 겁니까?"

"애령이의 여독이 가실 동안 당분간 자네 집에서 신세 지기로 하지. 그건 숙박비라고 생각해 두게."

"하지만… 이렇게 많은 돈은 받을 수 없습니다……."

백리휴는 고개를 흔들었다.

사실 자신의 집은 숙박을 하기엔 그리 적당하지 않을 뿐만 아니라 그리 깨끗하지도 않기 때문에 이렇게 돈을 받는다는 게 미안할 정도였다.

그런데 전낭 속에 얼마의 은자가 있는지는 모르나 손에 잡히는 묵직한 느낌으로 볼 때 적지 않은 액수임에 틀림없었다.

우공은 고개를 저었다.

"자넨 모르겠지만 나 우공은 제법 몸값이 비싼 늙은이네. 자네에게 준 돈 정도라면 내 발가락 하나에 지나지 않네. 그러니 받아두게."

"감사합니다. 노야……."

백리휴는 고개를 숙였다.

솔직히 돈이 필요하던 참이었다. 먹을 거야 태원루에서 일하면서 해결할 수 있다지만 제대로 된 면수가 되려면 시도 때도 없이 국수를 만들어봐야 하는데 그 돈이 만만치 않았다.

오늘만 해도 집에서 연습하기 위해 주방에서 남은 재료들을 가지고 왔지만 매번 그럴 수만은 없는 일이다.

"지금까지 태원루에서 일했다면 피곤하겠군. 들어가서 쉬게."

"한데 식사는 어떻게 하셨습니까?"

"걱정할 것 없네. 자네 집에서 조금 떨어진 곳에 작은 식당이 하나 있더군. 태원루보다는 맛없지만 거기서 오늘 하루는 해결했네."

"그럼 편히 쉬십시오."

백리휴는 우공에게 꾸벅 인사를 한 뒤 서재가 있는 곳으로 돌아갔다.

서재에 들어간 그는 음식재료들을 싼 보자기를 책상 위에 올려놓고선 의자에 앉았다.

"휴우……. 피곤하구나."

갑자기 나른한 기운이 온몸으로 쫘악 퍼졌다.

그는 고개를 꾸벅거리며 졸기 시작하더니 어느 한순간 잠에 곯아떨어지고야 말았다.

*　　　*　　　*

"믿을 수 없소!"

언뜻 자고 있던 그의 귓전으로 창로한 외침이 파고들었다.

백리휴는 눈을 떴다.

'잠결에 잘못 들었나? 아니, 분명 듣기는 들었는데……'

잠시 의자에 앉은 채 고개를 갸웃거리던 그는 궁금한지 몸을 일으키고는 서재 밖으로 나갔다.

"난 그대가 그와 같은 경지에 이르렀다는 걸 인정할 수가 없소."

이번엔 분명히 들렸다.

'노야의 목소리도 아닌데……. 음성을 들으니 나이 든 노인인 것 같은데 대체 누구기에 남의 집에 들어와 저렇게 소리친단 말인가?'

백리휴는 목소리가 들려온 곳으로 걸어갔다.

바로 앞마당 쪽이었다.

'저자는……?'

마당으로 간 백리휴는 눈 속에 들어온 자를 보며 의외라는 눈빛을 했다.

황의노인.

이미 육순은 넘어 보이는 그는 우공과 조금 거리를 둔 채 마주 보며 서 있었는데, 노인답지 않게 장대한 체구에 무척이나 강한 인상을 풍기는 자였다.

'그자다.'

백리휴는 황의노인을 보고는 한눈에 그가 누군지 알 수 있었다.

이틀 전 태원루의 별실에서 우공을 만났던 두 명 중 황의인이었다. 비록 그때는 죽립으로 얼굴을 가리고 있었으나 그 기질만은 똑같았기에 그가 알 수 있었던 것이었다.

"우공……."

황의노인은 우공을 바라보며 분노 어린 눈빛을 했다.

"이십 년 전 우리가 그대를 합공하여 간신히 꺾었던 것은 사실이오! 그러나 지금은 나는 당시의 당신과 비교해 한 수 위라고 자부하고 있소."

우공은 퉁명스럽게 말했다.

"그래서? 자랑스럽게 그와 같은 높은 경지에 올랐는데, 내가 그보다 더 위라고 하니까 거짓말이라고 하고 싶은 것인가?"

"확실히 당신은 무공은 이 모극렬이 만난 자들 중에서 가장 강하다고 할 수 있소. 하나……."

"……."

"나는 당신을 인정하고 싶지 않소. 당신이 내가 연성한 검을 받아낸다면 모를까?"

"소문은 들었다. 그대는 스스로 자신의 검이 벼락마저 가른다고 하여 분뢰검주(分雷劍主)라고 칭했다지?"

분뢰검주 모극렬.

당금 강호에서 검에 관해 가장 강한 다섯 명을 경천오대검객이라고 하거니와, 그는 그 다섯 명 중의 일인이었다.

검에 관한한 절대의 경지에 올랐다고 자부하기에 스스로 검주라고 칭했다고 알려진 자가 바로 분뢰검주 모극렬이었다.

그의 사문은 구파일방 중 한 곳인 점창파였고, 그는 점창파의 장로였다.

우공은 별다른 표정도 없이 말했다.

"그대가 검을 놓았다는 것은 이미 유형의 검이 필요하지 않다는 경지에 올랐음을 의미하는 터, 이른 바 심검의 경지, 심검은 누구나 오를 수 있는 경지가 아닌 만큼 자부심을 가져도 되겠지. 그러나 자만하지는 말게. 그대가 오른 산 정상은 수많은 정상 중의 하나일 뿐. 그보다 높은 산이 있는 법이니까."

모극렬은 냉소했다.

"내가 오만하다고 한들 지난날의 당신에 감히 비교할 수 있겠소? 내 일검만 받아낸다면 그냥 돌아가리다."

그는 우수의 검지를 추켜세운 채 천천히 손을 들었다.

손가락.

갑자기 그의 손가락 끝으로 주위의 공기가 빨려 들어가는 듯한 느낌이 들었다.

휘우우웅…….

그저 보고 있는 것만으로도 숨이 막혀 버릴 것 같았다.

한순간,

"일점분광(一点分光)!"

모극렬의 입에서 낮은 호통성이 터지며 그의 손가락이 앞으로 뻗어갔다.

그리 느리지도 빠르지도 않은 움직임.

하지만 그것을 바라보고 있는 우공의 눈에는 수백, 수천 개의 점이 한꺼번에 날아들어 오는 것이었다.

그것은 점이 아니라 검이었고, 낙뢰가 대지에 떨어지는 순간을 백만분의 일로 나눈 듯한 짧은 순간에 수천 자루의 검이 우공을 향해 날아갔다.

상대가 우공이 아니라 신이라고 해도 당할 수밖에 없는 찰나였다.

"자신이 가진 힘을 넘어서는 것은 진정한 힘이 아닐세."

우공은 담담히 중얼거리며 우수를 앞으로 뻗으며 가볍게 원을 그렸다.

언뜻 보자면 그저 어린애 장난 같은 손짓.

그러나 그토록 무서운 기세로 날아들던 암경이 물이 빠진 모래알처럼 흔적도 없이 사라지는 것이었다.

서로 다른 두 개의 기운이 허공에서 충돌했건만 아무런 소리조차 나지 않았다.

비록 느낌뿐이었지만 떨어져서 지켜보던 백리휴는 허공중에서 뭔가 퍽하며 뭔가 커다란 파동이 이는 것을 감지했다.

"크윽……."

모극렬의 입에서 짐승의 울음 같은 나직한 신음성이 흘러나온 것은 그때였다.

동시에 그의 몸은 마치 보이지 않는 벽에 부딪혀 튕겨진 고무공처럼 위로 튀어 오르더니 곧장 뒤로 날아가 곤두박질치는 것이었다.

콰당!

"으윽……."

모극렬은 고통스런 신음을 터뜨리며 벌떡 몸을 일으켰다.

꽉 다문 입술 사이로 한 줄기 가는 핏줄기가 흘러내리고 있어 적지 않은 내상을 입었음을 알 수 있었다.

공교롭게도 그가 떨어진 곳은 바로 백리휴 앞이었다.

"내… 내가 패하다니……. 평생을 고련한 일점분광이 깨지다니… 믿을 수 없다……."

모극렬은 망연한 음성을 했다.

우공을 바라보는 그의 눈빛은 불신과 경악으로 일그러져 있었다.

우공은 여전히 담담한 신색이었다.

"너무 강하면 부러지게 마련이고 날카로운 칼은 무뎌지게 되는 것이 만고의 이치. 조화를 이루지 못한 힘은 힘이 아닌 것이지."

모극렬은 이를 악물었다.

"우공……. 다음에 만나게 된다면… 오늘 같지는 않을 것이오……."

그는 몸을 돌렸다.

그러다 앞에 있던 백리휴와 눈이 마주쳤다.

백리휴는 얼른 그에게 포권을 했다.

"다시 만나게 되었군요. 소생은……."

"닥쳐라!"

모극렬은 노성과 함께 느닷없이 일장을 날렸다.

펑!

"으악!"

백리휴는 단말마와 함께 실 끊어진 연처럼 날아가 담장으로 날아가는 것이었다.

이것은 실로 뜻밖이었고 느닷없는 공격이었기에 우공마저 전혀 예상하지 못한 돌발적인 행동이었다.

"모극렬! 네놈이 감히……."

노성과 함께 우공은 휘익 신형을 날려 담장에 머리가 충돌하려는 백리휴의 몸을 안아 들었다.

[오늘의 일은 결코 잊지 않겠소!]

어느 틈엔가 모극렬의 신형은 사라지고 없었다.

다만 그가 날린 전음만이 우공의 귓전으로 파고들었다.

"간악한 놈……."

우공은 그가 사라진 방향을 보며 차가운 눈빛을 했다.

"무공을 모르는 자에게 살수를 쓰다니……. 다음에 만나게 되면 네놈의 목숨은 틀림없이 거두어주마."

이어 그는 품속에 축 늘어져 있는 백리휴를 살폈다.

이미 의식을 잃은 그의 안색은 밀랍처럼 창백한 가운데 입으로는 연신 검붉은 선혈이 흘러나오고 있어 매우 위급한 상태였다.

'기혈이 뒤틀린 상태로구나. 이대로 두었다간 죽을 수밖에 없다!'

우공은 황급히 백리휴는 바닥에 앉히고는 그의 명문혈에 진기를 불어넣기 시작했다.

후우우욱.

문득 그의 얼굴이 경직되었다.

'지, 진기가 사라진다.'

놀랍게도 그가 주입한 진기가 백리휴의 몸속으로 들어가기가 무섭게 흔적도 없이 사라지는 것이었다.

마치 바닷물속에 빠져버린 모래알이라고 할까.

'아니, 그것이 아니다. 물을 흡수하는 솜처럼 내가 불어넣어 준 진기를 빨아들이고 있다.'

백리휴의 전신을 바라보는 우공의 두 눈에서 기광이 쏟아지고 있었다.

실로 불가사의한 일이 아닐 수 없었다.

만약 정말로 그가 넣어준 진기를 흡수하였다면 백리휴의 몸속에는 진기가 남아 있어야 한다. 그러나 백리휴의 몸속에는 한 올의 공력조차 없었다.

더군다나 기이한 것은 그의 몸이었다.

사실 모극렬이 날린 일장은 불과 일, 이성에 불과하겠지만 이미 심검지경에 든 자의 공력이니 일류 고수라고 해도 적지 않은 내상을 입을 수밖에 없었다.

그러니 무공조차 없는 백리휴는 당장 죽는다고 해도 하등 이상할 게 없었다.

'조금 전까지는 분명 숨이 넘어가기 직전이었다. 그런데 죽기는커녕 지금은 되레 멀쩡해지고 있다니…… 몸이 스스로 치유하고 있다……'

우공은 뛰어난 무인임과 동시에 천하에 적수가 없는 탁월한 의원이기도 했다.

그런 그로서도 눈앞에 있는 백리휴의 몸은 불가사의하다고 밖에는 말할 수가 없었다.

스스로 치료하는 몸뚱이라니.

뭔가 생각난 듯 갑자기 우공의 낯빛이 굳어졌다.

"설마… 금강불괴란 말인가……?"

금강불괴란 외부의 그 어떤 충격에도 허물어지지 않는 걸 의미하는데, 그것은 이 땅에서 무공이란 게 생겨났던 때부터 무인들이 꿈꾸던 경지이고, 최후의 단계이기도 했다.

"그건 말도 안 된다. 무공조차 모르는 놈이 어찌 금강불괴를……"

말해놓고도 스스로 고개를 흔드는 우공이었다.

그러나 그의 입가에는 기묘한 미소 한 조각이 걸렸다.

"허허……. 어처구니없군. 날 당혹케 하는 놈이라니. 아무래도 하늘이 내게 이놈을 보내 마지막 즐거움을 주려는 것 같구나."

무슨 말일까.

백리휴의 몸에서 손을 떼는 그의 두 눈엔 기묘한 빛이 번뜩였다.

그것은 마치 한낮의 햇살을 즐기던 무료한 고양이가 재미있는 장난감을 발견했을 때의 그런 눈빛이었다.

"끄응······."

그때 백리휴의 입에서 답답한 신음성이 흘러나왔다.

*　　　*　　　*

"제가··· 기절했었다는 겁니까?"

백리휴는 우공을 보며 두 눈을 깜박거렸다.

조금 전 모극렬이 그에게 손을 휘두른 것은 기억이 났다.

그러고는 뭔가 둔중한 것으로 가슴을 맞은 것 같았었는데, 그 이후부터는 기억이 없었다.

우공이 고개를 끄덕였다.

"그래. 모극렬 그놈이 자네에게 장력을 날린 거지. 덕분에 자넨 혼절했다가 깨어난 거고. 아주 잠깐 동안······."

"왜 그분이 절 공격했을까요?"

"모극렬, 그놈은 매우 용렬해. 그러면서도 자존심만은 엄청나지. 아마도 나한테 맞은 걸 제삼자가 보았다는 사실을 수치스러워했을 터. 아마도 자네에게 손을 쓴 건 그러한 이유일걸세."

"그렇군요."

백리휴는 씁쓰레한 얼굴을 했다.

아무런 상관도 없는 사람을 다만 자신의 수치를 감추기 위해 목숨을 빼앗으려 했다는 사실이 비정함마저 느끼게 했던 것이다.

"백리휴, 지금 몸이 불편한 곳은 없는가?"

"괜찮은 것 같습니다만……."

우공의 말에 백리휴는 고개를 갸웃거리다 이내 말했다.

특별히 아픈 곳이 없었다. 바닥에 쓰러진 터라 옷만 다소 지저분해졌을 뿐이었다.

"……."

우공은 그런 그를 잠시 바라보다가 슬쩍 입을 열었다.

"자네의 가문이 과거 무가에서 지금과 같은 처지가 되었다면 틀림없이 내공이 실전된 모양이로군."

백리휴는 고개를 끄덕였다.

"그렇다고 들었습니다."

"그럼 다른 무학들이 있다고 해도 제대로 된 위력을 펼칠 수도 없겠네."

물어보나 한 말이었다.

본래 한 가문이나 문파의 무공들이란 독문심법과 떨어지려야 떨어질 수 없는 관계다. 그것은 무공에는 무리(武理)가 스며들게 마련인데, 그 무리의 정화가 바로 독문심법인 내공이었다.

무공이란 단순히 몸을 쓰는 게 아니다. 그것은 일종의 학문이었다.

그러한 이치의 깨달음이 없이는 경지에 오르지 못하는데, 결국 내공이 실전되었다는 것은 절예들이 가진 위력을 반에 반도 제대로 실현하지 못한다는 걸 의미했다.

"하면 내공을 연마하지 않았겠군."

"물론입니다. 본래는 우리 백리가에도 무극팔단공이라는 심법이 있었으나 과거에 실전되어 버렸습니다. 지금까지 소생이 연성한 것이라고는 그저 무극팔로세밖에는 없습니다."

체조로밖엔 보이지 않는 무극팔로세.

그 명칭이 나오자 우공의 두 눈이 다시 한 번 반짝였다.

"자네가 괜찮다면… 그 무극팔로세를 이 늙은이 앞에서 한 번 펼쳐보지 않겠는가?"

"무극팔로세를요?"

"어제 자네가 펼치는 걸 보기는 했으나 중간부터 본 터라 자세히 보지는 못했네."

"별거 아닌데요. 원하시면 따르도록 하겠습니다."

백리휴는 이어 우공 앞에서 호흡을 가다듬고는 두 팔을 벌리고는 무극팔단공을 시전해 보였다.

완만하고도 매우 느릿한 움직임을 보이는 무극팔로세.

묵묵히 지켜보고 있던 우공의 눈빛이 조금씩 시간이 흐를수록 흥미롭다는 기색을 띠기 시작했다.

'원(圓)이다. 저 무극팔로세는 시전자가 그 어떤 방향에서든 모두 원을 그리게 하고 있다.'

무공에 있어 원을 그린다는 것은 상대의 공격을 어떤 방향에서든 흘려보낼 수 있다는 걸 뜻하기도 하지만 중요한 것은 조화를 의미한다는 사실이었다.

조화(造化).

사전적으로 만물을 창조하고 기르는 대자연의 이치, 또는 그런 이치에 따라 만들어진 우주 만물을 의미하는 이 조화는 무공에 있어서는 일종의 화두(話頭)나 마찬가지였다.

이 화두라는 것이 참선하는 이에게 도를 깨우치게 하는 과제로, 우공에게 있어 '조화'란 평생에 걸쳐 걸어가는 외길이었고, 그가 터득한 무공의 이치였다.

그런데 그러한 화두를 지금 백리휴가 펼쳐 보이고 있다는 말이 아닌가.

그것도 무극팔로세라는 체조로.

한데 바로 그때였다.

부왁!

거의 심취한 모습으로 무극팔로세를 펼치고 있던 백리휴가 느닷없이 요란한 굉음(?)을 내는 것이었다.

동시에 사방으로 쫘악 퍼지는 지독한 썩은 내.

방귀였다.

'크어억…….'

우공은 정신이 아찔해질 정도의 엄청난 방귀 냄새에 비틀거리더니 번개같이 후다닥 뒤로 물러났다.

이윽고 백리휴는 무극팔로세를 다 마치고 몸을 돌렸다.

"이걸로 끝입니다. …노야?"

그는 멈칫거렸다.

바로 옆에 있을 줄 알았던 어느 틈엔가 멀리 떨어진 채 우공이 담장 아래 바짝 붙어 있었던 것이다. 그것도 한 손으로 자신의 코를 막은 채.

우공은 고통스런 얼굴로 말했다.

"백리휴……. 앞으로 그 무극팔로세는 사람이 없는 곳에서만 하게. 반드시……."

"……?"

실로 경천동지(?)할 위력의 무극팔로세였다.

"그러니까 자넨 방귀를 뀌었다는 걸 몰랐단 말인가?"

"그, 그렇습니다. 다만 무극팔로세를 끝낼 때 조금 이상한 냄새를 맡기는 했습니다만 그저 땀 냄새라고 생각했을 뿐입니다……."

우공이 딱하다는 듯 바라보자 백리휴는 얼굴을 붉힌 채 기어 들어가는 목소리를 했다.

무극팔로세를 펼치다가 방귀라니…….

방귀를 뀐다는 게 잘못은 아니지만 다른 사람에게는 커다란 실례가 되는 것이다.

"죄, 죄송합니다. 노야……."

"아닐세. 그게 어디 자네 잘못인가? 그리고 단순한 방귀도 아니고……."

"단순한 방귀가 아니라니요?"

우공의 말에 백리휴는 어리둥절한 얼굴을 했다.

"설명하려니 힘들구만. 아무튼 그런 게 있다고만 알아두고 다음부터는 반드시 혼자만 있을 때 무극팔로세를 수련하게."

"예······."

"한데 자넨 내게 한 가지를 배워보지 않겠는가?"

뜻밖의 말에 백리휴는 의아한 표정을 지었다.

그런 그의 얼굴을 보며 우공은 히죽 웃었다.

"아무래도 자네가 걱정되어서······. 내가 없을 때 모극렬이란 놈이 찾아오면 어쩌려는가?"

"설마 저 같은 놈 때문에 오겠습니까?"

"아냐. 말했잖아. 놈이 무척 쪼잔하다고. 그러니까 배워둬. 지랄 같은 놈의 주먹을 피하거나 도망치는 데 이게 최고야. 칠보(七步)라는 건데 다행히 배우는데도 별로 어렵지 않네."

일곱 걸음이라는 뜻의 칠보.

사실 이 칠보는 우공의 절학 중의 하나로 일곱 걸음이면 세상의 어떤 공격에서도 피하거나 벗어날 수 있다는 의미를 담고 있다.

그저 단순하게 칠보라고 했지만 본래 칠성의 이치로 만들어진 절대의 보법이었다.

당금 천하에서 이 칠보와 비견될 수 있는 신법은 거의 없다고 해도 과언이 아니었고, 우공이 강호에 명성을 떨치게 된 데에는 이 칠보가 적지 않은 영향을 끼쳤다.

"칠보는 그저 몸에 익히기만 하면 되는 걸세. 달리 구결이랄 것도 없지. 그저 정중동이요, 동중정이니, 바람을 거스르지 말아야 한다는 것만 기억하면 돼. 그리고 어떻게 움직이는지는……. 그렇군. 이렇게 하면 되겠구나."

우공은 재빨리 주위에 있던 돌들을 주워 바닥에 떨어뜨렸다. 그것은 북두칠성의 형태였는데, 모두 일곱 걸음의 범위에 벗어나지 않을 정도의 거리였다.

"여기서부터 순서대로 움직이면 돼. 한 발자국 한 발자국씩 걸어가는 거지. 때론 빠르게, 때론 느리게 말이야. 할 수 있겠지?"

할 수 있겠냐고 묻는 건 반드시 하란 말과 동의어였다.

또한 그것은 지금 해보라는 말과 같은 의미였기에 백리휴는 내키지는 않았지만 바닥에 돌이 놓인 대로 걸음을 움직여야만 했다.

"처음이 이곳이라고 하셨지요? 그저 앞으로만 움직이면 됩니까?"

"당장은 그렇지. 될 수 있으면 자연스럽게 걷도록 해야 하네."

하지만 자연스럽게 걷는다는 말이 지극히 부자연스럽게 느껴질 정도였다.

북두칠성의 방위로 놓인 돌들은 서로 간격이 넓거나 좁았는데, 게다가 앞뒤뿐만 아니라 좌우로도 불규칙하게 놓여 있어 채 세 발자국도 걷기 전에 백리휴는 그만 쾅당 넘어지고야 말았다.

우공은 혀를 찼다.

"쯧쯧, 아무리 변변치 않다지만 무가의 핏줄이 어째 걷는 것조차 못한단 말인가?"

"……!"

백리휴는 불끈 오기가 치밀어 올랐다.

"처음이라서 그런 겁니다. 조금만 연습하면……."

콰당.

채 말이 끝나기도 전에 다시 한 번 그의 몸은 앞으로 고꾸라졌다.

그게 시작이었다.

마지못해 시작한 칠보였지만 깐죽(?)거리는 우공의 말에 오기가 치민 백리휴는 계속해서 바닥에 펼쳐 놓은 돌들을 밟아가며 칠보를 연습해 갔고, 결과는 세 발자국도 가지 못해 연속적으로 바닥과 충돌해야만 했다.

콰당! 콰당! 콰당!

어느새 칠보를 연습한 지 한 시진이 넘었다.

콰당!

다시 한 번 바닥에 넘어진 백리휴를 보며 우공은 길게 하품을 했다.

"아아……. 졸립구만. 역시 나이가 들면 쉬이 피곤해지는 모양이네. 그럼 수고하게."

그는 냉큼 위룡전 안으로 들어가 버렸다.

백리휴는 바닥에 벌렁 쓰러진 채였다.

땀이 비오듯 흘러내렸다.

'노야가 알려주었으니 응당 뛰어난 무공일 것이다. 하지만 고작 세 걸음도 걷지 못하다니…….'

도대체 걷는 것이 왜 그렇게 힘든지 자신도 알 수 없는 일이 었다.

게다가 무극팔로세를 수련한 이래로 피로를 모르던 그였건만 지금은 극심한 피로감에 자신도 모르게 스륵 눈을 감고야 말았다.

"자, 자면 안 되는데……. 자면…….."

웅얼거리듯 중얼거리던 그의 음성이 더 이상 들리지 않았다.

대신 나직이 코고는 소리가 들려왔다.

드르릉… 쿨쿨…….

참조) 선면(線麵)은 밀가루 반죽을 길게 늘여서 막대에 감아 당긴 후 만드는데, 한국과 일본에서는 소면(素麵)이라고 한다.

압면(壓麵)은 반죽을 작은 통 사이에 넣고 눌러서 뽑아내는 국수로 한국의 냉면이나 중국의 하수면을 말한다.

절면(切麵)은 반죽을 굵은 막대(홍두깨)로 얇고 넓게 민 뒤 칼로 썰어서 만드는 국수로 한국의 칼국수 혹은 일본의 우동을 말한다.

납면(拉麵)은 반죽을 양쪽으로 길게 늘여서 만드는 국수로 일본의 라면, 중국의 납면이 이에 해당된다. 하분(河粉)은 쌀을 갈아서 찌거나 삶은 후 칼로 가늘게 썰어 만드는 것으로 동남아의 쌀국수가 대표적이다.

第五章

칠보,
일곱 걸음이면 못 피할 것이 없다

왕
면 백
리
휴

쿡쿡.

정신없이 곯아떨어져 있는데 누군가 자신의 볼을 찔렀다.

"오빠… 오빠……."

귀를 파고드는 음성에 백리휴는 슬그머니 눈을 떴다.

당애령의 귀여운 얼굴이 눈에 들어왔다.

"오빠 이렇게 밖에서 자면 안 돼. 우리 할아버지가 그러는데 감기 걸린대……."

당애령의 걱정스러운 말에 백리휴는 자신도 모르게 빙그레 웃었다.

"그래. 고맙구나."

그는 천천히 몸을 일으켰다.

이른 아침이긴 했지만 훤한 해가 떠올라 있었다.

"몸은 괜찮니?"

백리휴가 당애령을 이마를 손으로 잡아가며 물었다.

당애령은 고개를 끄덕였다.

"응. 난 멀쩡해."

"그러고 보니 어젯밤처럼 머리에 열도 없네."

백리휴는 머리를 한 번 쓰다듬어 주고는 말했다.

"애령이 배고프지? 내가 아침 만들어줄게."

"어, 오늘은 태원루에 안 가는 거야?"

"오늘은 쉬는 날이야. 아침은 뭐가 좋을까? 혼돈(混沌) 어 때?"

"우와, 나 그거 엄청 좋아해."

"좋았어. 몸 좀 씻고 나서 곧 만들어줄게."

백리휴는 이내 뒤에 잇는 후원으로 걸어갔다.

서재가 있는 후원 안쪽에는 그리 넓지 않은 우물이 있었다. 그는 이내 옷을 벗고 우물을 끼얹더니 씻기 시작했다.

목욕을 한 뒤 옷을 갈아입은 백리휴는 주방 안으로 들어섰다.

사실 태원루로 출근한 뒤에는 거의 사용하지 않았던 터라 주방 안은 썰렁하기만 했다. 하지만 그는 익숙한 솜씨로 화덕에 불을 붙였다.

그러고는 태원루에서 가지고 온 보따리를 끌렀다. 보따리

안에는 밀가루 반죽과 다소의 해산물과 돼지고기, 채소 등이 나왔는데, 그중에는 나무로 만든 둥근 형태의 찬합(饌盒)과 커다란 도자기로 만든 병도 있었다.

'오랜만에 혼돈을 만드는구나. 일단 육수부터 끓여야겠지.'

그는 화로 위에다 커다란 냄비를 올려놓더니, 도자기 병뚜껑을 따서 냄비 안에다 부었다. 순식간에 도자기 안에서 흘러오는 액체가 냄비를 채웠는데, 그것은 태원루에서 가져온 육수였다.

다시 그는 익숙한 솜씨로 커다란 대접에다 물을 붓더니, 물속으로 밀가루 반죽을 넣어 양손으로 누르거나 비벼서 길게 늘어뜨리는 것이었다.

"국수를 특이하게 만드는군."

어느 틈엔가 우공이 주방 문 앞에 서서 그를 지켜보고 있었다.

백리휴는 그를 보며 말했다.

"국수라기보다는 수인병(水引餠)입니다."

"수인병?"

우공이 의아한 듯한 얼굴을 하자 백리휴가 가볍게 미소 지으며 말을 이었다.

"수인병이란 쉽게 설명하자면 국수의 조상쯤 되는 거라고 생각하시면 맞습니다."

수인이란 물속에 끌어당긴다는 말이다.

지금 그가 커다란 대접에 밀가루 반죽을 넣고 양손을 비비며 적당한 굵기로 한 다음 잡아당겨 늘이는데, 수인이란 이름이 붙은 것은 바로 그래서였다.

중국에서는 처음에 밀가루를 이용한 수제비 형태의 면을 먹다가 후한(後漢) 때부터 가늘고 긴 형태의 국수를 만들어 먹기 시작했고, 그 이후인 진나라 시대에는 단자나 전병과 비슷한 수인병이라는 국수를 만들어 먹기 시작했다.

이후에 국수를 가리키는 용어인 병(餠)은 수인병에서, 색병(索餠), 색면(索麵), 납면(拉麵)과 타면(打麵)으로 이름이 바뀌었다.

"고대에는 밀가루를 면(麵)이라 하였고, 면으로 만든 것을 가리켜 병(餠)이라 하였습니다. 그중 찐 것을 증병(蒸餠), 구운 것을 소병(燒餠), 기름에 튀긴 것을 유병(油餠), 국물에 삶은 것을 탕병(湯餠)이라고 했다는군요."

"처음 듣는 말이로군."

"그 탕병에서 한 부류가 교자나 혼돈, 포자등과 같은 탁(托)으로 발전했고, 다른 한 부류는 불탁(不托)이라고 하여 지금과 같은 면이 된 것입니다."

우공은 백리휴의 국수에 대한 지식에 감탄한 듯 연신 고개를 끄덕였다.

"호오, 탁과 불탁이라……. 그건 무슨 뜻인가?"

"탁은 빚거나 누른다는 뜻으로 쉽게 수제비나 교자를 생각하시면 되고, 불탁은 누르지 않고 뽑아내는 면을 말하는 겁니다."

몇 마디 말을 하는 동안 반죽이 적당한 길이로 늘어났고, 때마침 육수물이 끓기 시작한 냄비 속으로 면을 넣었다.

또한 찬합을 열자 태원루에서 가져온 교자를 끓고 있는 냄비 속 육수에 쏟아 넣더니, 각종 양념을 뿌려 간을 맞추기 시작했다.

사실 이와 같은 훈둔은 백리휴가 가장 자신있어 하는 요리였다.

'그야 아버지께서 가장 많이 해주신 음식이었고, 또한 내가 가장 처음으로 만들어본 것이었으니까.'

그가 만드는 혼돈은 교자와 함께 면이 들어가 있다는 점이 다르다면 다른 점이었다. 수인으로 굵고도 끊이지 않게 오직 한 줄로만 뽑아낸 면발.

"다 되었습니다."

백리휴는 우공을 보며 만족한 듯 입가에 미소를 띠었다.

"우와! 훈둔이다!"

위룡전 앞에 있는 대청에 차려진 소박한 식탁.

그 위에 놓인 거라곤 세 사람 앞에 놓인 훈둔 세 그릇과 반찬으로는 청초두묘(淸炒豆苗:콩잎볶음)와 가자보(茄子煲:가지졸임)밖에 없었다.

그럼에도 불구하고 당애령은 두 눈을 휘둥그레 뜬 채 정신없이 먹는 것이었다.

"오빠가 만든 훈둔 속엔 국수가 있는 게 더 맛있는 것 같아."

본래 어린아이들이 좋아하는 게 훈둔이지만, 사실 훈둔은 대부분 남녀노소를 막론하고 즐기는 음식이었다.

더군다나 혼돈에는 그가 만든 수인병이 들어가 있어 당애령의 말처럼 색다른 맛을 주었기에 우공마저도 입맛을 다시며 먹었다.

후르르륵… 쩝쩝…….

문득 우공이 물었다.

"그래. 성과는 있었는가?"

아마도 칠보를 묻는 것이리라.

백리휴는 고개를 저었다.

"아직 제대로 세 걸음도 못 걸었습니다."

"그게 그리 어려운 것도 아닌데……. 하긴, 머리가 안 따라준다면 몸으로 열심히 하면 되는 거지."

'그런데 그 칠보란 걸 꼭 배울 필요가 있을까요?'

백리휴는 내심 이러한 말을 할 뻔했다.

아무리 모극렬이 찾아와 행패를 부릴 때를 대비해서 배워야 한다지만 면수가 되려는 확고한 목적이 있는 그에게 우공이 알려준 칠보는 그리 도움이 될 것 같지가 않았기 때문이다.

"열심히 하다보면 언젠간 되겠지요."

"태평이로군. 그러다 내가 없을 때 그놈이 나타나려면 어쩌려는가?"

"그거야 하늘에게 맡겨야죠."

백리휴가 다소 건성으로 대답하자 우공은 어처구니없다는

눈빛을 했다.

'이 녀석은 칠보가 얼마나 엄청난 절학인지 알고 있을까? 칠보를 반만 익혀도 널 건드릴 인간은 이 땅에선 거의 없을 것이다.'

내심 고소를 머금으며 그는 재차 입을 열었다.

"듣자니까 오늘은 쉰다고 했지?"

백리휴는 고개를 끄덕였다.

"그렇습니다."

"하면 식사를 마친 뒤에 우린 시내를 구경하러 갈 생각인데 안내를 해주었으면 하네."

전에도 말했지만 나이 먹은 사람의 '해주었으면 하네'라는 말은 '꼭 해야만 된다'라는 말과 동의어였다. 게다가 두둑이 숙박비까지 받았는데 백리휴는 거절할 수 없었다.

"알겠습니다."

"지금 당장 가자. 응?"

그가 승낙하자 당애령이 반색하면서 자리에서 벌떡 일어섰다.

당장에라도 뛰어나갈 기세였다.

백리휴는 슬그머니 그녀의 손을 잡아당겼다.

"애령아, 아침은 다 먹고 가야지."

*   *   *

종루(鐘樓).

서안의 가장 중심지에 세워진 삼층탑이었다. 커다란 석대
위에 다시 세워져 있는 석탑은 그 높이가 무척 높을 뿐만 아니
라 그 크기도 엄청났다.

"엄청 높네."

당애령은 종루 위를 한참 올려다보며 입을 쩍 벌렸다.

백리휴는 피식 웃었다.

"종루니까. 바로 저곳에서 시간에 맞춰 종을 쳐주지."

"그렇다면 고루(鼓樓)도 있겠구만."

"물론입니다. 저쪽이에요."

우공의 물음에 그는 종루 맞은편 쪽을 손가락으로 가리켰
다.

가물가물 보이는 곳엔 하나의 누각이 서 있었는데, 종루와
쌍둥이처럼 매우 흡사하게 생긴 형태였다.

본래 종루와 고루는 시간을 알려주는 누각인데, 종루는 낮
에 종을 쳐서 알려주고, 밤에 시간에 맞춰 들려오는 북소리는
고루에서 들려온 것이었다.

이와 같은 종루와 고루는 모두 원 세조 쿠빌라이가 세운 것
으로 나라가 바뀌었어도 건물만은 여전했다.

당애령은 두 사람을 재촉했다.

"우리 종루로 올라가 봐요."

"허허, 우리 애령이가 원한다면 그래야지. 저곳에 올라서 보
면 서안 시내가 한눈에 다 보이겠구만. 자네도 같이 올라가세."

"예, 이쪽으로……."

백리휴는 두 사람을 안내해서 종루 위쪽으로 올라갔다.

종루는 생각보다 컸다.

한꺼번에 수백 명은 수용할 수 있는 넓이였는데, 의외로 종루 안에는 몇 명밖에는 없었다.

"여긴 생각보다 조용하군."

우공은 주위를 둘러보며 중얼거렸다.

백리휴는 고개를 끄덕였다.

"서안 사람들에겐 별다른 풍경도 아니니까요. 여행객들이 많다면 모르겠지만… 지금은 그런 철도 아니니까 그럴 겁니다."

"에이, 아래서 보는 것과는 다르네."

당애령은 종루 안을 살피며 입술을 삐죽거렸다.

그녀는 백리휴의 손을 잡아끌며 한쪽으로 끌어당겼다.

"오빠 우리 저쪽으로 가보자."

"별로 볼 것도 없는데……."

"그래도 여기보다는 볼 게 있을 것 같단 말이야."

"애령이가 좋다면 가지."

그녀가 간절한 눈빛으로 바라보자 백리휴는 마지못해 고개를 끄덕였다.

이어 그들은 종루의 뒤쪽으로 걸어갔는데, 사실은 그곳은 서안 시내가 한눈에 내려다보이는 남쪽과는 반대편이 북쪽으로 종루를 꾸미고 있는 십여 개의 석상이 있긴 했으나 다소 그늘진 곳이라고 할 수 있었다.

'허허, 녀석 저렇게 좋을까?'

우공이 뒷짐을 쥔 채 어슬렁거리며 그들의 뒤를 따라갔다.

손녀인 당애령이 누군가를 저처럼 잘 따르는 것은 처음 보는 일이었다. 지난 몇 년 동안 그는 그녀를 데리고 천하를 떠돌아 다녔으니 정에 굶주렸을 텐데도 자신을 제외하고는 누구도 곁을 주려고 하지 않았다.

그런데 불과 삼 일 전에 만난 백리휴에게는 스스럼없이 대하니 우공으로서도 신기하다는 생각이 들 정도였다.

"……?"

문득 걸어가던 백리휴가 멈칫거렸다.

흑의인들.

한 손에 철곤을 든 세 명의 흑의인이 유령처럼 홀연 모습을 드러내며 걸어가고 있던 당애령과 백리휴 주위를 포위했던 것이다.

"감히……!"

우공은 안색이 일변한 채 번개같이 흑의인들 앞으로 신형을 날리려 했다.

하나 차가운 음성 하나가 그의 몸을 제지했다.

"만약 당신이 움직인다면 내 수하들은 저들을 공격할 것이오."

흑의노인.

뒤쪽에 세워져 있던 석상들 가운데에서부터 한 흑의노인이 천천히 걸어 나오는 것이었다.

다소 창백한 안색이 얼음장처럼 느껴지는 차가운 신색의 노인. 일신에 걸친 평범한 흑의였으나, 좌수 소매 부분에 한 마리 학이 그려져 있었다.

"오빠……."

당애령은 흑의노인이 나타나자 겁을 먹었는지 백리휴의 손을 꽉 쥐었다.

"괜찮아. 내가 지켜줄 테니까."

백리휴는 짐짓 미소 지으며 얼른 그녀를 자신의 등 뒤에 감추었다.

'그자였군.'

입으로는 억지로 미소 지었으나 그의 눈빛만큼은 긴장한 기색이 역력했다. 그것은 지금 나타난 흑의노인이 누군지 알 수 있었기 때문이다.

'전신에 흐르는 얼음장처럼 차가운 기운. 모극렬이란 노인과 함께 태원루 별실에 나타났던 흑의인이다.'

모극렬과 마찬가지로 흑의노인이 나타난 것은 좋은 뜻이 아닐게 분명했다.

우공의 눈썹이 꿈틀거렸다.

"동곽, 지금 네가 이 자리에 나타났다는 것은 죽고 싶다는 뜻이겠지?"

흑의노인 동곽은 입가에 가느다란 웃음을 떠올렸다.

"나 동곽이 이미 육순을 넘었소. 살만큼 산 나이긴 하나 그렇다고 당신보다는 먼저 죽고 싶지는 않소."

"아냐! 그렇지 않고서야 간도 크게 감히 내 앞을 가로막으며 게다가 네놈의 수하들이 내 손녀를 포위하는 일 따위는 하지 않았겠지."

"당신이라는 인물이 너무도 위험하기 때문이오. 난 모극렬과는 다르오."

"내가 보기엔 그놈이나 네놈이나 똑같은 쥐새끼로 보일 뿐이다. 등천곤왕(騰天棍王)이라는 이름이 아깝구나."

등천곤왕 동곽.

당금 천하에서 이 이름은 곤의 제왕으로 통한다.

한 자루의 철곤으로 신마저 죽일 수 있다고 알려진 곤의 달인. 분뢰검주 모극렬이 경천오대검객 중 한 명이라면 등천곤왕이라 불리는 동곽은 절대팔왕(絶代八王) 중 곤왕이었다.

"어떻게 생각하든 상관없소. 다만……."

동곽의 시선이 차갑게 빛났다.

"난 당신에게 한 가지만을 원할 뿐이오."

우공의 이마살이 찌푸려졌다.

"무얼 말이냐?"

"당신의 품속에 있을 그것!"

"푸흐흐흐……."

문득 우공의 입에서 기괴한 웃음소리가 흘러나왔다.

"모극렬이란 놈은 용렬한 곰에 지나지 않지만 네놈은 얍삽

한 너구리로구나. 거부한다면 어찌할 것이냐?"

동곽은 고개를 저었다.

"당신은 결코 거부할 수 없소. 왜냐하면……."

그는 슬쩍 흑의인들이 잇는 쪽으로 시선을 던졌다.

그것이 신호인양 흑의인들이 천천히 백리휴와 당애령의 몸 가까이 다가가는 것이었다.

"당신의 손녀가 다치는 것을 결코 방관하지 않으리라 믿기 때문이오."

"……."

우공은 여전히 이마를 찌푸린 채 두 사람이 있는 곳으로 시선을 던지고 있었다.

백리휴는 내심 당황하고 있는 상태였다.

'아, 아무래도 저 노인은 우리들을 인질로 삼아 노야를 협박하고 있는 것 같구나. 어떻게 하든 여기서 벗어나야 할 텐데…….'

그가 초조하게 주위를 살필 때, 문득 한줄기 가느다란 말소리가 그의 귓전으로 파고들었다.

[당황할 것 없다. 어제 내가 알려준 칠보만 기억하고 있다면 그놈들은 너와 애령이의 옷자락 하나 스치지도 못할 테니까. 또한 네가 이제껏 해온 무극팔로세란 체조를 이용하면 될 것이다.]

더 이상 말소리는 들려오지 않았다.

'전음…….'

비록 오래전에 멸문하다시피 한 백리가이긴 하나 무가였던 고로 백리휴는 난데없이 들려온 음성이 우공이 보낸 전음이라는 걸 알았다.

'칠보와 무극팔로세를 기억하라고……?'

칠보야 우공이 모극렬이 나타났을 때를 대비하여 알려준 것이니 모르겠지만 무극팔로세는 체조 이상의 효과가 없는 것이다.

그런데 무극팔로세를 이용하라니…….

그때 우공은 고개를 저으며 말했다.

"동곽, 네놈은 잘못 생각했다. 난 네놈에게 결코 그것을 줄 생각이 없다."

이번엔 동곽의 얼굴이 찌푸려졌다.

"하면 눈에 넣어도 아프지 않을 당신의 손녀를 희생시키겠단 말이오?"

"과연 저 허수아비들로 뭘 어쩌겠다는 말인지 모르겠구나."

"그렇다면 직접 눈으로 확인시켜 주어야겠군. 잡아라!"

동곽의 입에서 명령이 떨어졌다.

"존명……."

흑의인들은 나직이 외치며 이내 백리휴 앞으로 성큼 다가갔다.

'이런…….'

백리휴는 내심 당황했다.

그때 다시 우공의 전음성이 들려왔다.

[일곱 걸음이면 상대의 공격에서 빠져나올 수 있고 또한 모든 공격을 피해낼 수도 있는 게 칠보. 눈을 크게 뜨고 상대의 움직임을 확인하면 된다.]

'움직임을 보라고……'

백리휴는 먼저 자신 앞으로 달려오는 흑의인을 두 눈을 크게 뜨고는 바라보았다.

얼굴이 말상인 자였는데, 그는 우수를 쭉 뻗어 백리휴의 목을 움켜쥐려고 했다.

'보인다, 보여……'

백리휴는 내심 소리치며 슬쩍 옆으로 움직였다.

마치 바람에 밀려나는 깃털과 같은 움직임.

"……?"

그를 공격했던 흑의인은 설마 상대가 자신의 일수를 피할 줄은 몰랐던 듯 멈칫 놀란 얼굴을 했다.

그러나 다음 순간 그는 '이놈!' 하는 외침과 더불어 백리휴를 향해 쌍수를 벼락같이 휘둘렀다.

그것은 포박룡이라는 금나수였고, 동곽이 직접 전수해 준 무공으로 그 위력이 상당했다.

그러나 이번에도 백리휴가 어설프게나마 좌측으로 일곱 걸음 움직이자 이내 그의 공세를 벗어났다.

사실 지금 백리휴가 펼치고 있는 칠보는 매우 어설펐다. 두 발과 몸이 따로 노는 듯한 느낌이었는데, 다행히 그를 공격한 흑의인의 실력이 높지 않았다.

"쥐새끼 같은 놈!"

"어디 그렇게 피할 수 있나 보자."

다른 흑의인 두 명이 소리치면서 끼어들었다.

그들은 백리휴의 좌우로 파고들며 주먹을 휘둘렀다.

부왁! 부왁!

바람을 가르는 파공음이 요란했다.

'이크! 아차 했다가 맞기라도 하면 큰일이겠구나!'

백리휴는 등 뒤로 식은땀이 주르르 흘러내렸으나 두 발은 쉬지 않고 전후좌우로 일곱 걸음씩 움직여 갔다.

아슬아슬했다.

그는 흑의인들이 휘두르는 주먹들을 살짝살짝 피해갔는데, 마치 그들을 약 올리는 것처럼 보였다.

허둥지둥거리는 움직임.

그러면서도 매번 가까스로 그들의 공격을 벗어나는 백리휴인지라, 그를 공격하던 세 흑의인의 두 눈에서 불똥이 튈 지경이었다.

칠보!

일곱 걸음이면 이 세상의 어떤 것도 피할 수 있다는 칠보의 위력은 실로 놀라워서 이제 배운 지 하루밖에 되지 않은 백리휴였건만 흑의인들이 그의 옷자락 하나 건드리지 못하고 있는 것이었다.

"이놈은 내가 맡을 테니까 저 계집애나 잡아!"

제일 먼저 그를 공격했던 흑의인이 소리치자 나중에 끼어든 두 명이 고개를 끄덕였다.

본래 백리휴는 당애령을 등 뒤에 바짝 두고 있었으나, 흑의인들의 공격을 피해내기 위해 칠보를 펼쳤던 터라 약간의 틈을 두게 되었다.

두 흑의인은 즉시 백리휴 뒤를 향해 몸을 덮쳐갔다.

"아앗! 오빠……!"

당애령의 입에서 비명이 터져 나왔다.

"기, 기다려……."

백리휴는 당황한 얼굴을 한 채 얼른 뒷걸음치면서 그녀가 있는 곳으로 다가갔다.

그는 연신 고개를 힐끗힐끗 거리면서 두 발을 동동 굴리고 있는 당애령에게 서둘러 가려고 했다.

'이, 이러다간 저놈들에게 애령이가 잡히고 말 것 같다. 그래선 안 되는데……. 그렇군. 바닥에 있는 돌들…….'

더 이상 생각할 틈이 없었다.

그는 바닥에 떨어져 있는 돌들을 힘껏 차서 당애령을 향해 달려들던 두 흑의인에게 날려 보냈다.

휙! 휙!

그녀를 잡으려 달려들던 두 흑의인은 급작스럽게 뭔가 날아오자 화들짝 놀라며 신형을 뒤로 뺐다.

퍽퍽 하는 소리와 함께 그들이 있던 자리에 돌들이 날아와 부서졌다.

"돌!"

두 흑의인들은 어이없다는 얼굴을 했다.

암기라고 생각해서 피한 것이건만 고작 돌이라니.

그때를 놓치지 않고 백리휴는 얼른 당애령 앞으로 다가가 왼쪽 팔로 그녀를 안아 들었다.

"일단 저곳으로 피해야겠구나!"

그는 황급히 한쪽으로 뛰어갔다.

그곳엔 십여 개의 석상이 세워져 있었는데, 그 석상들 사이에다 당애령을 내려놓았다.

좁은 간격으로 세워져 있는 석상들로 인해 그녀를 잡으려면 오직 정면으로 와야만 했다.

설명은 길었지만 흑의인들이 그를 공격하고, 또한 비명을 지른 당애령을 그가 안아 들고 석상 사이에 내려놓기까지 걸린 시간은 불과 숨 한 번 들이켤 찰나에 지나지 않았다.

"아예 죽여주마!"

"빌어먹을 놈!"

세 흑의인은 버럭 노성을 지르며 쥐고 있던 철곤을 척! 척! 높이 들어 올렸다.

"각오해라! 이놈!"

휘이잉!

세 자루의 철곤이 곧장 백리휴의 머리와 가슴 등을 노리며 날아왔다.

지금까지와는 상대도 안 될 만큼의 살벌한 공세.

'자칫 맞기라도 한다면 죽을 수밖에 없겠구나!

백리휴는 바짝 긴장한 채 칠보를 펼치며 그들이 휘두르는 철곤 사이를 위태롭게 움직여 갔다.

어찌 보자면 한번 움직일 때마다 이리 비틀 저리 비틀 하는 것이 마치 술 취한 듯 보였으나, 그것은 아직 그가 칠보에 서툴기 때문이었다.

그러나 아직은 서툰 그가 피하는 것도 한계가 있었다.

스팟!

철곤 하나가 그의 옆구리를 스쳐 지나가며 뒤에 있던 석상들을 콰직 부수어 놓았다.

'큭……!'

백리휴는 내심 비명을 토했다.

비록 정확히 격중되지는 않고 스쳐 지나가는 정도에 불과했으나 그 풍압에 의해 옆구리를 맞은 것과 같은 통증을 느낀 것이었다.

퍽!

"으윽……."

동시에 다른 철곤 하나가 놓치지 않고 그의 우측 어깨를 찔렀다.

마치 잘 달군 인두로 지지는 듯한 지독한 아픔에 백리휴는 자신도 모르게 고통스런 신음을 흘리며 상체를 크게 휘청거렸다.

정신마저 아득해졌다.

그때를 놓치지 않고 흑의인들이 일제히 철곤을 휘둘러 왔다.

"흐흐… 이제 지친 모양이로군."

"완전히 피떡으로 만들어주마!"

츠파앙―

쐐애액―!

세 자루의 철곤이 유성처럼 백리휴의 몸 위로 떨어졌다.

그저 눈 한번 깜박이면 그대로 난타당할 순간, 왜였을까.

'무극팔로세……'

불현듯 백리휴의 머릿속으로 이제껏 수련해 왔던 무극팔로세의 동작들이 주마등처럼 떠올랐다.

동시에 무의식적으로 그는 양팔을 열십자 모양으로 활짝 피더니, 부드럽게 원을 그려내는 것이었다.

틱, 터틱.

세 자루의 철곤은 흡사 허공에서 뭔가에 가로막힌 듯 그의 몸 가까이서 옆으로 미끄러져 가는 것이었다.

세 명의 흑의인은 뭔가에 홀린 듯한 표정을 했다.

'그, 그냥 미끄러졌다……'

'대체 이게 무슨 조화란 말인가?'

그들이 휘두르는 철곤의 위력은 격중되기만 하면 적어도 천근의 바위조차도 산산조각 낼 정도였다.

실로 기이하다면 기이한 일!

그러나 그들은 이내 고개를 흔들며 재차 철곤을 휘둘러갔다.

쓰와아악!

좀 전보다 더욱 맹렬한 기세였다.

이미 백리휴의 안색은 창백하게 일그러져 있었고, 입가로는 실날 같은 핏줄기를 흘리고 있었다.

이미 두어 차례 철곤에 격중되었기에 이대로 쓰러진다고 해도 하등 이상할 게 없었다.

'더 이상 버틸 힘이 없다…….'

백리휴가 눈앞으로 날아다는 철곤들을 보며 내심 절망 어린 한숨을 내쉴 때, 돌연 우공의 전음이 파고들었다.

[아랫배에 힘을 준 채 우보를 앞으로 일보 나가면서 동시에 오른손은 앞을 향해 반원을 그리면서 쭉 내뻗어라. 또한 왼손은 그 반대로…….]

무엇에 홀리기라도 한 것일까.

백리휴는 우공의 전음처럼 아랫배에 힘을 준 채 앞으로 일보를 내디뎠다.

동시에 우수가 반원을 그리면서 쭉 앞으로 날아갔는데, 갑자기 모든 흐름이 그대로 정지된 듯한 느낌이 일었다.

후우욱.

손바닥에서 한 줄기 바람이 이는가 싶었다.

알 수 없는 진력이 그 바람을 타고 눈앞으로 날아들던 세 자루의 철곤을 휘감으며 빨아들였고, 그렇게 생각된 순간 손바닥에서 형용할 수 없는 거센 기운이 노도처럼 뿜어져 나왔다.

퍼엉! 펑! 펑!

"크어억……!"

"으아악……!"

"커억……!"

세 흑의인은 가슴에 일장씩을 맞고서는 그대로 바닥으로 나가떨어지고야 말았다.

바닥에 처박힌 그들의 신형이 부르르 경련을 일으키더니 곧 잠잠해지고야 말았다. 즉사한 것이었다.

동시에 백리휴의 신형이 기우뚱하더니 이내 앞으로 풀썩 쓰러져 기절하고야 말았다.

"오빠……."

석상 안에 숨어 있던 당애령이 뛰어나오며 얼른 쓰러진 백리휴에게 달려갔다.

지켜보고 있던 동곽은 안색이 일변한 채 부르짖었다.

"풍혼탈백장(風魂奪魄掌)……!"

우공이 가볍게 미소 지었다.

"저걸 가지고 풍혼탈백장이라고 말하긴 힘들지. 진정한 풍혼탈백장은 저 정도가 아닐 테니까."

말과 함께 그의 우수가 천천히 올라갔다.

"안 돼!"

동곽은 비명처럼 외치며 온 힘을 다해 허공으로 신형을 날렸다.

번쩍!

"그냥 가면 섭섭하지 않겠나?"

우공은 허공을 향해 가볍게 손을 흔들었다.

아무런 느낌도 흔적도 없이 날아가는 장력.

"크아아악……."

허공에서 피 토하는 듯한 비명성이 터져 나온 것은 그다음의 일이었다.

"우공! 다음번엔 오늘의 빚을 갚아주겠소! 반드시……!"

마지막 '반드시'라는 말은 거의 삼십 장 밖에서 들려왔다.

"너구리 같은 녀석이 도망치는 건 잽싸구나."

우공은 그가 사라진 하늘을 바라보며 혀를 끌끌 찼다.

"하나 당분간은 꼼짝도 할 수 없겠지. 내가 날린 풍혼탈백장에 격중된 이상 적어도 몇 년은 고생할 것이다."

그는 천천히 백리휴가 쓰러져 있는 곳으로 걸어갔다.

당애령은 고개를 들어 그를 바라보았다.

얼굴이 온통 눈물투성이였다.

"할아버지 오빠가 쓰러졌어."

"괜찮다. 조금 힘이 빠져 기절한 것뿐이니까."

그는 그녀의 머리를 한 손으로 쓰다듬어 주었다.

"할아버지가 잘하는 게 뭐지?"

"무공과 의술……."

"그래. 잘 아는구나. 그러니까 너무 걱정할 건 없다. 이 할아버지가 금방 고쳐줄 테니까."

그는 쓰러진 백리휴를 들어 왼쪽 옆구리에 끼고는 다른 손으로 당애령을 안아 들었다.

"그럼 이제 그만 돌아가자꾸나."

"응. 할아버지……."

휘익.

그의 신형이 허공에 떠오르는가 싶더니 이내 한 점이 되어 사라졌다.

*　　*　　*

백리휴가 깨어난 건 한 시진이 흐른 뒤였다.

"끙……."

나직한 한숨과 함께 천천히 눈을 떴다.

눈에 익숙한 방 안의 천장이 눈에 들어왔다. 위룡전이었다.

그는 침대에 누운 채 얼떨떨한 얼굴을 했다.

'종루인 줄 알았더니 집으로 돌아왔단 말인가? 그리고 아까 그자들은 어떻게 된 거지?'

그의 머릿속에 남아 있는 마지막 기억은 세 명의 흑의인이 무지막지하게 휘두르던 철곤들뿐이었다.

우공이 알려준 대로 장력을 휘두르긴 했으나 당시는 무의식 중에서 했던 것이라 그의 기억 속에 남아 있지 않았다.

"다행이로군. 그렇게 다치지도 않은 것 같은데……."

중얼거리던 그는 문득 누군가가 자신 옆자리에 누워 있음을 깨달았다.

백리휴가 고개를 돌리자, 자기 바로 옆에 당애령이 온통 눈물투성이인 얼굴로 새근새근 잠들어 있었다.

아마도 자신을 간호하다가 잠이 든 듯했다.

'다행히 애령이도 다친 곳이 없구나. 그런 무지막지한 자들이 있다니…….'

그는 얼굴을 찡그렸다. 하마터면 죽을 뻔한 그였다.

그는 나직이 한숨을 내쉬며 침대에서 천천히 몸을 일으켰다.

"정신을 차렸으면 밖으로 나오게."

그때 밖에서부터 음성이 들려왔다.

'노야…….'

백리휴는 목소리의 주인이 우공이라는 걸 깨닫고는 이내 방문을 열고 밖으로 나갔다.

마당 한가운데 우공이 뒷짐을 쥔 채 먼 산을 바라보고 있었다가 그에게로 고개를 돌렸다.

"어디 몸이 불편한 곳이 있느냐?"

백리휴는 그 앞으로 다가가며 고개를 저었다.

"없습니다. 분명 아까 그자들에게 그 쇠몽둥이로 맞기까지 했는데……."

우공은 끌끌 혀를 찼다.

"형편없더군."

"예?"

"내가 전해준 칠보를 반만 이해했어도 어디가도 맞고 다니지는 않네. 일곱 걸음이면 못 피할 게 없을 테니까."

"칠보……."

그제야 백리휴는 아, 하는 탄성을 터뜨렸다.

칠보가 아니었다면 세 명의 흑의인이 맹렬하게 휘두르던 철
곤에 진즉에 피곤죽이 될 뻔했던 게 기억났던 것이다.

'그러고 보니 그나마 버틸 수 있었던 게 노야께서 알려준 칠
보 덕분이었다.'

여기까지 생각한 그는 나직이 한숨을 내쉬었다.

"노야께서 알려주신 무공인데……. 죄송합니다. 아마도 소
생의 재질이 무공을 익히기엔 형편없는 모양입니다."

우공은 어이없다는 눈빛을 했다.

"그 소릴 다른 놈들이 들었으면 무척 열받았을 걸세."

"그게 무슨 말씀이십니까?"

"그냥 혼자 하는 말이니 신경 쓸 건 없네. 아무튼……."

어리둥절해는 백리휴를 보며 그는 고개를 절레절레 흔들었
다.

"누군가에게 맞는 걸 걱정하지 말게. 아니, 할 필요가 없지.
자넨 보기보다 꽤나 튼튼한 몸을 가지고 있으니까."

백리휴는 그의 말이 매우 이상하다고 느꼈으나 자신의 몸을
그가 봐준 거라고 생각했다.

"노야께서 치료해 주신 겁니까?"

"치료하고 말고 할 것도 없었네. 자네 몸은 스스로 회복되더
군."

"그게 무슨……?"

그는 이해가 안 된다는 얼굴을 했다.

그런 그를 말없이 바라보다가 우공은 슬쩍 화제를 돌렸다.

"백리휴, 자넨 아까의 일이 이해가 되지 않겠지?"

백리휴는 멈칫했으나 이내 고개를 끄덕였다.

"솔직히 그렇습니다."

"강호의 일이란 일반인들로선 상상조차 하기 힘들지. 은(恩)은 갚기가 어렵고 원(怨)은 풀기가 어려운 법이니……."

"아까 그자들은 원한이 있었던 것입니까?"

"자네는 내가 누군지 아는가?"

우공이 불쑥 물었다.

백리휴는 다시 한 번 고개를 저었다.

"알려주신다면 듣겠습니다."

"내게는……."

우공은 다시 시선을 하늘로 던지며 담담한 음성으로 말했다.

"세 개의 얼굴이 있다네. 독으로 만 명을 죽일 정도의 잔인하고도 괴팍한 성품을 지녔다고 하여 독괴(毒怪)라고도 하며, 신법으로는 하늘을 나는 새조차 날 따를 수 없다고 하여 광속무영(光速無影)이라고도 하지. 또한 장에 관한 한 이 하늘 아래 날 능가할 자가 없다고 하여 장존(掌尊)이라고도 부른다네."

"독괴… 광속무영… 장존……?"

"일컬어 삼면무쌍유일존(三面無雙唯一尊)이라고 칭한다네."

"세 개의 얼굴은 그 짝을 찾을 수가 없으니 이 세상에서 유일한 존재라는 뜻이로군요. 삼면무쌍유일존은……."

백리휴는 생소한 듯 중얼거렸다.

그러나 만약 이 자리에 그가 아닌 다른 누군가가 있었다면 두 눈을 까뒤집으며 피토하듯 외쳤을 것이다.

─삼면무쌍유일존은 초극삼천존(超克三天尊) 중의 하나! 인간의 육신으로 태어났으되 그 능력은 신의 영역에 달한 자들이 초극삼천존이다!

삼면무쌍유일존.

독으로도 당대에 적수가 없고, 빠름으로 그 앞에서 논할 수 없으며, 장으로 이 땅 위를 군림한다고 알려진 존재가 바로 바로 그였다.

참조) 혼돈(混沌)은 넓은 피가 붙어 있는 일종의 물만두다. 광동에서는 운탄(雲呑)이라고 하는데, 구름(雲)을 삼킨다(呑)는 이 말은 과거에서 큰 뜻을 품겠다는 선비의 기개를 담고 있다. 광동 외 지역에서는 혼돈이라고 한다. 사천에서는 달리 초수(抄手)라고도 칭한다. 우리가 흔히 완탕이라고 하는데, 그것은 일본어인 완탄(ワンタン)에서 나온 말이고, 광동어인 운탄에서 유래된 것이다.

제민요술(齊民要術)은 북위(北魏)의 북양태수(北陽太守)였던 가사협(賈思勰)이 저술하였으며, 6세기 전반에 간행한 전 열 권짜리의 책이다. 제민은 서민을 말하며, 중국의 대표적인 농업기술서였다.

第六章

풍혼조화일천장,
바람의 혼이 천 개의 손을 만들어낸다

면왕
백리
휴

우공.

그의 진정한 정체는 바로 초극삼천존 중 한 명인 삼면무쌍유일존이었던 것이다.

그러나 강호의 일에는 문외한인 백리휴는 놀라는 대신에 재미있다는 듯 입가에 웃음이 감돌고 있었다.

"재미있는 칭호로군요. 노야에게 그러한 별칭이 있었을 줄은 몰랐습니다. 삼면무쌍유일존이라니……."

그러다가 뭔가 생각난 듯 물었다.

"하면 아까 보았던 흑의노인과 전에 집에 나타났던 황의노인도 달리 부르는 명칭이 있습니까? 아! 생각났습니다. 그분께선 분뢰검주라고 하셨지요."

"검주는 무슨 얼어 죽을…….”

우공은 같잖다는 얼굴을 했다.

"모극렬이란 놈이 스스로 검주라고 칭했지만 내가 보기엔 스스로의 얼굴에 금칠한 것이나 다름없다. 검주라니… 그것도 벼락을 가르는 검주라니, 한마디로 미친놈인 거지."

분뢰검주 모극렬.

우공에게 한마디로 ‘미친놈’이라고 요약되는 모극렬은 사실 당금 강호에서도 손꼽히는 고수였으며 희대의 검객이었다.

"하긴 그놈이 그래도 검에 관해서는 제법 재주가 있기는 하지. 사문인 점창파의 사일검의 진수를 제대로 터득했으니까. 하나 절정에 오르긴 요원해."

그는 비웃듯 말했다.

"그리고 아까 보았던 그놈 있지? 등천곤왕이라고 절대팔왕 중의 한 명이다. 방귀깨나 뀌는 놈인데 아주 얍삽해. 한 마디로 너구리야. 그것도 지저분한 너구리. 그 두 놈들이 심검이라고? 클클……. 지나가던 개들이 웃겠다."

백리휴는 고개를 갸웃거렸다.

"심검이라는 게 그리 대단한 경지가 아닌 모양이로군요."

우공은 피식 웃었다.

"아니다. 심검은 그야말로 대단하다 못해 엄청난 경지지. 하나 모극렬도 그렇고 동곽이란 놈도 제대로 된 심검지경에 든 것이 아니다."

"……?"

"놈들은 스스로 손에서 병기를 놓았다고 했지만 그렇다고 심검이라고는 할 수 없지. 심검이란 사실 마음속에 검을 두었다는 비유로 정확히는 화경 이상의 경지를 모두 통틀어 칭하는 것이다. 두 놈들이 이룬 경지는 심검이 아니라 무검(無劍)이라고 할 수 있지."

화경이란 일반적으로 초절정 이상의 경지를 말한다.

사실 무공을 연성하면서 어떤 경지에 이르렀다고 하는 것은 다소 추상적인 면이 강했다.

그것은 그 경지란 것이 달리 비교할 상대가 없기 때문이며, 개인의 차가 너무 심한 까닭이었다.

무검이란 검을 연성하면서 어느 순간 더 이상 검이 필요하지 않다는 의미이면서 마음속에 검을 두었다는 심검의 초입 단계에 불과했다.

그러니 넓게 보자면 무검도 심검지경인 것은 맞으나 정확한 표현은 아니었다.

듣고 있던 백리휴는 이상하다는 얼굴을 했다.

"그런데 왜 그분들께선 그렇게 생각하신 겁니까?"

"아마도 두 놈들이 심검에 들었다고 자신한 것은 그들의 내공이 삼 갑자를 넘었기 때문이겠지. 사실 당금 강호에서 삼 갑자 내공을 가지고 있는 자들은 극소수에 지나지 않는다."

"……."

고개를 끄덕이던 백리휴는 그를 바라보았다.

"하면 노야께서는 그들 두 명보다 더 내공이 높겠군요. 그렇기에 그분들이 노야를 두려워하는 것 같습니다.

우공은 뜻밖에도 고개를 저었다.

"조금은 내가 위일 줄은 모르지만 그놈들과 내가 가진 내공은 비슷하다. 거의 차이가 없는 셈이지."

"……?"

"이상하다고 생각하느냐? 비슷한 힘을 가지고 그놈들이 일방적으로 날 두려워하는 게."

"그렇습니다."

"그것은 두 가지 이유 때문이다. 녀석들이 연성한 삼 갑자 내공은 양에서 나와 비슷할지는 모르나 그 질에서는 엄청난 차이가 나지. 이것이 첫 번째 이유다."

내공의 양과 질.

달리 말하자면 정순함과 불순함의 차이였다.

"두 대의 마차를 각기 한 마리씩의 말들이 끈다고 하자. 모두 똑같은 말이라고 해도 유독 한 마리만은 다른 말에 비해 잘 달리고 힘이 좋은 법이다."

"아! 그 말씀은 앞서 그분들의 내공이 평범한 말이라면 노야께서 연성하신 내공은 준마라는 의미로군요."

"잘 알아듣는구나. 그러한 차이가 생겨나는 이유는 그들이 자신들이 익힌 무공에 대해 깊은 이해가 없기 때문이다. 즉, 통찰(洞察)하는 힘이 없다고 할까?"

다시 말해 통찰력이 없다는 말이다.

통찰이란 전체를 환하게 내다보거나, 예리하게 꿰뚫어 본다는 의미이니 통찰력이 없다는 건 제대로 살피지 못한다는 말과 상통했다.

"두 번째 이유는 바로 깨달음이다."

우공은 매우 엄숙한 낯빛을 했다.

백리휴는 의아한 듯 눈을 크게 떴다.

"깨달음? 고승들이나 도사들이 오랜 수련 끝에 얻는다는 그 깨달음 말씀이십니까?"

"그렇다. 무공에 대해 통찰력이 있다고 해도 종래에는 무리에 대한 깨달음이 없으면 결국엔 궁극의 경지에는 오르지 못하게 되어 있다."

"그런 건가요?"

백리휴는 다소 건성으로 고개를 끄덕였다.

아직 제대로 된 무공조차 모르는 그이니 만큼 지금 우공의 말이 피부에 와 닿지 않았기 때문이었다.

"아마도 모극렬은 모르지만 동곽 그놈만은 어느 정도 자신의 약점을 눈치챘을 것이다."

우공은 다시 시선을 백리휴에게로 던졌다.

"자넨 동곽이 왜 애령이를 인질로 잡으려 했는지 아는가? 바로 이놈 때문이지."

스스로 묻고 스스로 대답했다.

그는 품속에서 뭔가를 꺼내 들었는데, 그의 손바닥에 놓인 건 어른 가운데 손가락만 한 크기의 붉은 홍옥이었다.

"홍옥이로군요. 이걸 노야께 얻고자 애령이를 인질로 삼으려고 했다는 겁니까?"

"평범한 홍옥이 아닐세. 화룡옥(火龍玉)이라는 거지."

백리휴가 의아한 얼굴을 하자 우공은 그에게 설명을 해주었다.

"화룡옥은 일명 화룡의 피라고도 불리지. 그저 평범한 홍옥 같으나 그 가치는 엄청나네. 가히 무가지보라고 할까?"

가격이 없는 보물이란 뜻의 무가지보.

우공이 쥐고 있는 홍옥이 그만큼 엄청난 가치를 지니고 있다는 말이었다.

"하나 무공을 연성한 무인들에게 있어 이 화룡옥은 그 이상이라고 할 수 있다."

"아……."

듣고 있던 백리휴는 나직한 탄성을 터뜨렸다.

그 이상의 가치라고 했으니 무인들에겐 화룡옥이 무가지보보다 더욱 비중있다는 의미일 터, 그가 놀란 것이다.

우공은 빙그레 웃었다.

"그것은 이 화룡옥을 가지고 있거나 가루로 만들어 복용하게 되면 공력이 증강되는 효능이 있기 때문이다. 무공에 목숨을 건 무인들에겐 이건 세상의 그 어떤 보물보다도 가치가 있는 것이다. 그렇기에 동곽이 욕심을 낸 거지."

그의 말을 듣고 있던 백리휴는 이상하다는 듯 고개를 갸웃거렸다.

"한데 저하고 애령이가 멀쩡한 걸 보니 그 동곽이란 분이 포기하고 그냥 돌아간 건가요?"

그는 세 흑의인을 쓰러뜨리고 난 뒤 기절한 뒤라 이후에 우공과 동곽 사이에 있었던 일을 알 수 없었다.

우공은 홍 콧방귀를 날렸다.

"애초부터 그놈은 잘못 짚은 거지. 자신이 심검에 들었다는 착각과 나 우공의 무위가 높기는 하나 어느 정도는 감당해 낼 수 있다고 생각했을 터……"

"그런데 노야께서 생각보다 훨씬 강하셨단 말씀이로군요."

"애초부터 자신의 분수를 모르는 놈이었다. 더군다나 내겐 이 화룡옥을 넘겨줄 수 없는 이유가 있었지."

그는 고개를 돌려 당애령이 잠들어 있는 방문을 주시했다. 애잔한 눈길이었다.

"이건 단순한 보물이 아닌 애령이의 몸을 치료할 유일한 약이니까."

백리휴는 흠칫 놀란 얼굴을 했다.

"그럼 애령이가 어디 아프기라도 한단 말입니까?"

"절맥이지. 현음절맥(玄陰切脈)……."

현음절맥.

일반적으로 음기를 가지고 태어나는 여아들 중에서 지나치게 강한 음기로 인해 혈맥이 굳어버리는 것이 칠음절맥이나 혹은 구음절맥이라고 하는데, 그보다 더 지독한 것이 현음절맥이었다.

사실 현음절맥은 따지고 보면 가장 완벽한 음한지체라고 할 수 있었다. 너무나도 완벽한 음기를 지녔기에 현음절맥을 가지고 태어난 아이는 열여섯을 넘기지 못하고 죽는다고 알려진 불치병이었다.

백리휴는 현음절맥이 불치병인지 알 수 없었으나 그 절맥이라는 명칭이 좀처럼 치료할 수 없는 것임을 알기에 다소 놀란 얼굴을 했다.

"그것으로 애령이를 치료하실 수 있다는 건가요?"

우공은 화룡옥을 다시 품속에 넣으며 말했다.

"물론 이 화룡옥만으로는 힘들다. 그러나 한 가지만 더 있으면 애령이는 완치할 수 있을 게다."

"다행이로군요."

그는 내심 가슴을 쓸어내렸다.

비록 당애령을 만난 지 불과 며칠밖에는 되지 않았으나 마치 여동생처럼 귀여운 아이였다.

그런 그녀가 현음절맥이라는 병으로 죽기라도 한다면 너무도 가슴 아픈 일이 아닌가.

"백리휴……."

문득 그를 향해 던지는 우공의 말이 무거워졌다.

"나와 애령이는 내일 여길 떠날 걸세."

"떠, 떠난다고요……?"

백리휴는 다소 당황한 얼굴을 했다.

너무도 갑작스럽게 이별이기 때문이었다.

"본래는 자네 집에서 한 열흘가량 있을 생각이었으나 애령이 때문에라도 서둘러야겠네."

"……."

아쉽지만 치료를 위해서라니 어쩔 수 없는 일이었다.

백리휴가 말없이 묵묵히 고개를 끄덕이자 우공은 재차 입을 열었다.

"자네는 이번 기회에 무공을 제대로 배워보는 게 어떤가?"

뜻밖의 말에 그는 멈칫거렸으나 이내 고개를 저었다.

"소생이 알기로는 무공이란 어려서부터 내공을 연마해야 어느 정도 성취를 이룬다고 알고 있습니다. 소생이 비록 아직 약관이 되지는 않았다고 하나 무공을 연마하기엔 너무 늦은 나이라고 알고 있습니다."

"일반적이라면 그렇겠지. 하지만 자넨 예외일세."

"예, 예외라뇨?"

"대체 자넨 무공이 뭐라고 생각하는가?"

"……?"

백리휴는 꿀 먹은 벙어리처럼 아무런 말을 하지 못했다.

비록 몰락한 무가에서 자라 가문을 다시 일으켜 세워야 한다는 선조의 유훈을 이어받고 있기는 하나 무공을 수련조차 안 해본 그였으니 말 못 하는 건 당연한 일이었다.

우공은 말을 이었다.

"요약하자면 무공이란 그저 힘으로 상대를 제압하는 행위일세. 그 힘을 효과적으로 사용하기 위한 방편으로 무인들은 내공을 수련하지. 그렇게 내공을 연마하는 첫 번째 단계가 운기일세."

"운기……?"

"운기란 말 그대로 기운을 돌린다는 뜻. 너무 어렵게 생각하지 말게. 그저 아랫배에 꽈악 힘주고, 그 힘이 어떻게 움직이나 살피면 되는 거니까."

"아랫배에 힘만 주라고요?"

"그런 다음에 호흡에 신경을 써야 하네. 숨을 내쉴 땐 모든 동작을 안으로 오므린다고 생각하고, 밖으로 내뻗거나 움직이려고 할 때 반대로 숨을 들이마셔야 하지. 들숨(吸氣)과 날숨(呼氣)만 제대로 지키면 웬만한 놈들은 다 때려잡을 수 있다네."

아랫배에 힘을 주고 들숨과 날숨을 지키라는 말.

아주 간단하면서도 쉬운 설명이었으나, 결코 쉽지만은 않은 일이기도 했다.

인간이 호흡을 한다는 것은 본능적인 것이긴 했으나 그것을 인위적으로 통제한다는 것은 생각처럼 쉽지 않았고, 경우에 따라선 거의 불가능하기도 했기 때문이었다.

그러나 백리휴는 우공의 설명에 두 눈이 휘둥그레졌다.

"그렇게만 하면 내공을 수련할 수 있다는 겁니까?"

우공은 고개를 저었다.

"아닐세. 내공이 호흡만으로 쌓여지는 게 아니지."

"아니라고요?"

그가 다소 실망한 얼굴을 하자 우공은 입가에 한 조각 미소를 떠올렸다.

"그렇다고 실망할 필요는 없네. 다른 자들은 모르겠으나 자네에겐 내공이 필요하지 않으니까. 그러니 수련할 필요도 없겠지. 다만 오늘부터 하루도 빠짐없이 무극팔로세를 수련하도록 하게."

"무극팔로세를 말입니까?"

"좀 전에 말하지 않았나, 호흡만 제대로 할 수 있으면 웬만한 녀석들은 다 처리할 수 있을 거라고. 자네에겐 무극팔로세가 딱일세."

"……."

백리휴는 아무 말 없이 고개를 숙였다.

지금 우공의 말이 '능력이 없으니 무공을 연성할 필요가 없다' 라는 말처럼 들렸기 때문이었다.

우공은 그런 그의 마음을 짐작한 듯 부드러운 음성으로 말했다.

"자넨 자네의 가문에서 남겨준 무극팔로세를 너무 얕잡아 보는 것 같네. 무극팔로세는 이제껏 내가 보아온 그 어떤 동작보다 몸의 균형을 완벽히 잡아주고 있더군."

"체조니까요."

"체조라면 어떤가? 무극팔로세로 상대의 공격을 막아내고 쓰러뜨릴 수 있다면 그것으로 족한 것이지. 다만 그대는 무극이라는 의미를 알아두어야 할 것일세."

"무극이라면……?"

"수리(數理)상으로 말하자면 일원(一元)은 숫자 일에 해당하네. 그 일이 둘로 나눠지니 그것이 음양 혹은 태극이라고 불리는 숫자 이일세. 이는 다시 삼으로 갈라지니 그것이 곧 삼재(三才)인 터. 삼재는 사상(四象)으로 변화되네. 그것이 수리상으로 사에 해당하지. 숫자 오는 사가 움직여 오행(五行)으로 바뀐 것! 오행이 육으로 분화하여 육합(六合)이 되고, 육합은 칠성(七星)으로 더욱 나눠지니 그것이 숫자 칠일세. 그리고 칠은 팔방(八方)으로 이어지니 그것이 숫자 팔일세."

일원음양삼재사상오행육합칠성팔방!

그것은 천지의 순환 이치를 밝힌 것으로 세상 만물은 모두 변한다는 것을 의미했다.

"그러나 명심하도록. 일원으로 시작하여 팔방으로 끝을 맺으나 그것은 그대로 끝나는 것이 아닐세. 그러므로 무극이란 끝이 없는 것이 아니라 영원히 순환되는 것임을 깨달아야만 하네."

"영원한 순환……."

백리휴는 뭔가에 홀린 것처럼 중얼거렸다.

오랜 시간 동안 수련해 온 무극팔로세였으나, 지금 우공의 말을 듣고 보니 새롭게 느껴졌기 때문이었다.

마치 이마에 얼음칼이 서걱거리며 꽂혔다고 할까. 기이한 전류가 머리에서 말끝까지 흐르는 듯한 느낌이 들었다.

만약 그가 무공을 연성한 무인이었다면 그 즉시 깨달음을 얻어 새로운 경지에 들었으리라.

그러나 그는 무공을 몰랐기에 다소 멍한 상태가 되었다.

그런 그를 보며 우공이 말했다.

"자네는 이미 나로 부터 풍혼탈백장을 전수받은 상태일세."

백리휴는 화들짝 놀란 얼굴을 했다.

"소, 소생이 말입니까? 전 도통 기억이……."

"종루에서 싸울 때가 기억나지 않는단 말인가?"

"종루……!"

문득 그의 머릿속으로 세 흑의인과 싸웠을 때의 광경이 주마등처럼 스쳐 지나갔다.

그들이 휘두르는 철곤에 격중되어 그대로 쓰러지기 직전에 들려온 한 줄기 전음.

그제야 그는 아, 하는 탄성을 터뜨렸다.

"이, 이제야 기억이 납니다. 노야께서 제게 전해주신 그 풍혼탈백장이……."

"다행이로군. 틈틈이 그것을 연마하도록 하게."

이어 그는 품속에서 두 권의 책을 꺼내 그에게 내밀었다.

"받게."

백리휴가 다소 얼떨떨한 얼굴을 한 채 받아들자, 그는 재차 입을 열었다.

"그 두 권의 책은 내 모든 것이라고 할 수 있네. 아까도 얘기했지만 내게 세 개의 얼굴이 있네. 독과 신법, 그리고 장법일세. 그 두 권의 책은 각각 내가 평생을 통해 익혀 온 독술과 일초의 장법이 쓰여 있네."

"독술과 장법……? 이걸 어째서 소생에게 주시는 겁니까?"

"글쎄. 그저 인연이 닿았다고 할까."

"노야……."

백리휴는 해연히 놀란 얼굴을 했다.

비록 그가 무공과 강호의 일에 문외한이기는 하나, 이 두 권의 책이 매우 귀하다는 걸 깨달았던 것이다.

"사양할 필요는 없네."

우공은 담담한 눈빛으로 그를 주시했다.

"내겐 그것을 전해줄 후인이 없으니까. 자네가 아니라면 내가 이뤄놓은 모든 게 사라지게 되는 것이니 그리 부담 가질 필요는 없지. 게다가……."

'내겐 더 이상 시간이 없다. 아아……'

그는 지그시 두 눈을 감은 채 마지막 말을 삼켰다.

잠시 그렇게 있던 그는 다시 눈을 뜨고 말을 이었다.

"앞서 말했다시피 두 권의 책엔 독술과 일초의 장법이 수록되어 있다. 평생을 통해 난 장법을 수련해 왔거니와 그 속에 수록된 일초의 장법은 내 평생의 심득이라고 할 수 있다. 풍혼탈백장을 기초로 하여 만든 일초의 장법! 바람의 혼이 만들어내는 일천 개의 손. 풍혼조화일천장(風魂造化一千掌)이라고 하지."

우공이 독괴라는 소리를 듣게 된 것은 신조차 한 줌의 독수로 녹여낸다는 엄청난 독술 때문이었다.

그런 그의 독술이 수록된 책이라면 그것은 그 어떤 무서보다도 가치가 있다고 할 수 있었다.

만약 누군가가 그의 독술을 배우게 된다면 그것은 제이의 독괴가 된다는 것을 의미하는 것일 테니까.

또한 더욱 중요한 것은 풍혼조화일천장이 적혀 있다는 다른 책이었다.

본래 우공이 삼면무쌍유일존이란 명칭 중 하나인 장존이라고 추앙받은 것은 그가 연성한 풍혼탈백장 때문이었다.

바람의 혼이 넋을 빼앗는다, 라는 말은 공포와 전율의 대명사였고, 지난 세월 동안 풍혼탈백장은 무적의 장법이었으며 그를 상대한 자들에겐 죽음을 부르는 지옥의 초대장이었다.

그런데 풍혼조화일천장이라니…….

풍혼탈백장을 바탕으로 하여 만들어 내었다는 풍혼조화일천장.

바람의 혼이 만들어 낸 일천 개의 장의 위력이 어떨지는 상상조차 할 수가 없었다.

독술과 풍혼조화일천장이 수록되어 있는 두 권의 책.

만약 이 책들이 세상으로 유출된다면 강호는 그것을 빼앗기 위한 피바람에 휩싸일 게 분명했다.

"그리고……."

문득 우공의 눈매가 가늘어졌다.

"아무래도 자네의 몸부터 조금 손봐야겠네."

그는 번개같이 손을 뻗어 백리휴의 마혈을 짚었다.

"노… 노야……. 어째서……."

백리휴는 온몸이 뻣뻣하게 굳어짐을 느끼며 당황한 듯 소리쳤다.

우공은 가벼운 웃음을 터뜨렸다.

"허허… 말하지 않았느냐? 인연이 닿았다고. 내 신조가 뭐냐고 하면 한번 도와주면 끝까지 도와줘야 한다는 걸세."

스으윽…….

그의 손에서 무형의 기운이 흘러나와 백리휴의 전신을 스륵 떠오르게 했다.

그는 곧 허공에서 반듯하게 누운 상태가 되었다.

"자네의 몸은 탁기에 막혀 있네. 내가 그 탁기를 제거해 주지. 완전하지는 않겠지만 깨어나게 되면 예전보다는 몸이 괜찮아질 걸세. 그렇다고 탈태환골은 아닌 터. 이건 아까 우리 애령이를 놈들에게 지키기 위해 애쓴 대가라고 해두세."

그의 양손바닥이 마치 불이라도 지핀 듯 발갛게 달아올랐다.

그는 그 손으로 백리휴의 전신을 잡아갔다.

백리휴는 그의 손바닥에 자신의 몸에 닿자 흡사 불에 잘 달군 인두로 몸을 지지는 듯한 고통에 비명을 지르고야 말았다.

'으아아아악…….'

웬지 목구멍이 막힌 듯 비명이 터져 나오지 않았다.

그리고 그는 그대로 기절하고야 말았다.

*　　　*　　　*

백리휴는 다시 한 번 정신을 차렸다.

그가 깨어난 곳은 아까와 마찬가지로 위룡전 안의 침대였다.

'갔구나.'

그는 깨어난 즉시 우공과 당애령이 떠나갔음을 알 수 있었다.

왠지 가슴 한쪽이 비는 것만 같았다.

아버지가 돌아가신 뒤 삼 년 동안 상을 치루기 위해 홀로 살아온 그에게 홀연 나타난 우공과 당애령에게 적지 않게 정이 들었던 것이다. 삼 일에 불과한 만남이었지만.

"휴우……."

백리휴는 길게 한숨을 내쉬었다.

"노야와 애령을 다시 만날 수 있을는지 모르겠구나."

절레절레 고개를 흔들던 그의 두 눈에서 문득 이채가 반짝거렸다.

침대 머리맡에 놓여 있는 협탁, 그 위에 두 장의 서찰이 놓여 있었다.

그는 지체없이 손을 뻗어 서찰을 펼쳤다.

네가 깨어났을 때쯤이면 우린 떠났을 것이다. 섭섭해 하지 마라. 애령의 몸과 고치고 나면 다시 만날 수 있을 테니까.

…(중략)……

년 매일 무극팔로세를 빠짐없이 수련해야 한다. 그것도 아침과 밤 하루에 두 번씩. 또한 내가 준 독술과 풍혼조화일천장은 반드시 모두 외운 뒤 소각하거라.

후일 다시 만나게 될 것이라고 믿는다.

편지는 그것으로 끝났다.

"명심하겠습니다, 노야……."

백리휴는 나직이 중얼거리며 고개를 끄덕였다.

이어 그는 다시 옆에 있던 다른 편지를 집어 들었다.

헤헤, 오빠 날 잊으면 안 돼.

난 나중에 오빠를 만나러 다시 올 거니까.

그때까지 애령이가 보고 싶어도 꾹 참아야 해.

다시 만날 때까지 안녕.

"후후……. 그래. 언제까지 널 기다리고 있으마."

백리휴는 입가에 부드러운 미소를 흘렸다.

귀여운 아이였다. 그녀와 같은 여동생이 하나 있었으면 좋겠다, 라고 생각할 정도로.

뎅뎅.

그때 멀리서부터 종소리가 들려왔다.

묘시였다.

언뜻 정신을 차린 그는 다소 씁쓸한 어조로 중얼거렸다.

"오늘부터는 예전처럼 되겠군, 나 혼자 생활해야 하니……. 일단 태원루로 가야겠다."

그는 잠시 방 안을 정리한 후 위룡전 밖으로 나섰다.

이제 날이 밝으려고 하는 터라 어둠은 어슴프레하게 깨어 있었다.

그는 가벼운 발걸음으로 태원루가 있는 방향으로 걸어갔다.

이날 이후,

백리휴는 본래의 생활로 돌아왔다.

매일 그랬던 것처럼 묘시가 되어서 태원루의 주방으로 출근했으며, 또한 주방에서 밀가루 반죽을 하는 것으로 하루 일과를 시작했다.

오후에는 임호관으로부터 수타를 배웠고, 주방에 일어나는 여러 가지 허드렛일도 빠지지 않고 했다.

그러면서 틈틈이 초마면을 만들며 수련했는데, 불과 한 달 만에 오장명도 놀랄 정도의 맛있는 초마면을 만들게 되었다.

사실 주방에서 일한다는 것은 매우 고되다.

웬만한 장정이라도 보름을 견디지 못하고 도망치는 게 예사였다.

그러나 백리휴는 힘들기는커녕 시간이 흐를수록 더욱 활력이 넘쳤다.

그것은 바로 무극팔로세 덕분이었다.

예전에도 그렇게 해왔지만 떠나면서 우공이 매일 아침과 밤마다 빠지지 않고 수련해야만 한다, 라는 말 때문에 더욱 무극팔로세를 수련했고, 그 때문인지 그는 늘상 힘이 넘쳤다.

　그렇게 일 년.

　다시 일 년의 시간이 흘렀다.

*　　　*　　　*

　와장창!

　"놈을 불러와!"

　더러운 인상의 흑의장한이 발로 탁자를 걷어차자 그 위에 놓여 있던 접시들이 바닥으로 떨어지며 그대로 부서지고야 말았다.

　"소, 손님 왜 그러십니까……?"

　총관인 양만보의 얼굴은 파랗게 질리고야 말았다.

　흑의장한.

　이 근처에서 미친 개고기라고 불리는 흑사파의 조직원인 마구보는 두 눈에서 지독한 흉광을 뿜어냈다.

　"감히 이 마 어르신이 먹는 국수에다 머리카락을 집어넣었단 말이지? 그러고도 무사할 것 같으냐?"

　"오… 오해이십니다! 결코 그럴 리가 없습니다……."

　"아니라면 내가 머리카락을 국수에 넣었단 말이냐?"

　'이 빌어먹을 놈!'

　양만보는 내심 욕을 퍼부었다.

　사실 눈앞에 있는 마구보가 억지를 쓴다는 것은 미리 알고 있는 그였다.

그가 속한 흑사파도 그랬지만 파락호 놈들이 주루에 와서 별별 이유로 행패를 부리는 이유가 바로 돈을 뜯어내기 위해서였다.

그러니까 마구보가 국수에서 머리카락이 나왔다고 설레발치는 것도 필경 돈을 뜯어내기 위한 수작임에 분명했다.

'그러나 달랜다고 다주면 주루는 그대로 망하고 말 것이다.'

이를 악문 양만보는 그를 달래기로 마음먹고는 짐짓 부드러운 음성으로 말했다.

"마 대협, 우리 태원루는 마 대협이 속한 흑사파와 좋은 관계를 유지해 오고 있소. 그랬기에 매달 적지 않은 은자를 보호비를 내놓고 있다는 걸 잘 아시리라 믿소이다."

"무슨 뜻이냐?"

"흑사파의 함 두령과는 이 양모와는 개인적으로도 돈독한 사이라고 할 수 있소. 지금 물러가시면 오늘 일은 없었던 것으로 하겠소이다. 물론 지금까지 드신 술과 음식값은 받지 않겠소."

"흐흐…… 그렇단 말이지."

마구보는 입가에 징그러운 미소를 떠올렸다.

그러더니 이내 번개같이 양만보의 멱살을 와락 움켜쥐는 것이었다.

"이제 보니 네놈이 날 띄엄띄엄 보았구나!"

양만보는 숨이 막히는 듯 컥컥거렸다.

"이… 이게 무슨 짓이오……?"

"이 마구보 어르신이 고작 돈이나 뜯으려 이런 개수작을 벌인다고 생각한단 말이냐?"

"그, 그건……."

"꺼져!"

퍼억!

그의 주먹이 곧장 양만보의 얼굴에 꽂혔다.

"커억!"

비명과 함께 양만보의 몸이 붕 뜨더니 구석으로 처박히고야 말았다.

상황이 이렇게 되자 주루 안에서 식사를 하고 있는 손님들은 눈치를 보더니 이내 슬금슬금 밖으로 도망치고야 말았다.

마구보는 주위를 둘러보며 악쓰듯 소리쳤다.

"어서 숙수를 불러오거라! 내가 직접 국수에 머리카락을 넣은 책임을 물을 것이다!"

그 순간 창로한 외침이 들려왔다.

"숙수는 필요없소!"

어느 틈엔가 주방 입구에서 한 노인이 분노 어린 얼굴을 한채 그를 향해 성큼성큼 걸어 나오는 것이었다.

바로 오장명이었다.

그는 마구보 앞에서 걸음을 멈춘 채 분노 어린 음성으로 외쳤다.

"이 늙은이가 숙수는 아니지만 태원루에서 만들어 내는 국수는 모두 책임지고 있소!"

마구보는 그를 보며 입가에 음산한 웃음을 흘렸다.

"흐흐……. 숙소도 아닌 늙은이가 감히 이 마구보 어르신이 만드는 국수를 만들었단 말이로군. 좋아. 그건 그렇다 치고… 대체 국수에다 왜 머리카락을 집어넣은 거지?"

그는 탁자 위에 남아 있던 국수 그릇에서 머리카락 몇 올을 들어보였다.

"이 호로자식 같은 놈!"

느닷없이 오장명이 버럭 호통을 쳤다.

"태원루의 국수는 모두 나 오장명이 만든다! 국수에 머리카락에 들어가 있다면 틀림없이 내 것일 터. 자, 봐라! 이 늙은이의 머리카락은 대부분 백발이다! 그런데 네놈이 처먹던 그릇에서 건져낸 머리카락은 아주 새까맣구나! 마치 네놈 머리카락처럼……."

그랬다.

오장명의 머리카락은 검은색이 안 보일 정도로 새하얗다.

그렇다면 마구보가 먹던 국수에서 나온 머리카락도 백발이어야 하는데, 그의 손가락에 쥐어져 있는 건 윤기가 흐를 정도의 검은 머리카락이었던 것이다.

누가 봐도 명백한 억지라는 것이 드러난 상황.

"이… 늙은이가……."

마구보의 얼굴이 붉게 달아올랐다.

"어디 헛수작으로 죄를 덮으려느냐? 요망한 늙은이, 그대로 두었다간 다른 자들이 크게 다칠 터……!"

그는 번개같이 달려들어 오장명에게 두 주먹을 휘둘렀다.

퍼억! 퍽!

맹렬한 기세로 날아간 그의 주먹이 오장명의 얼굴과 복부에 꽂혔다.

"크허억……! 이놈……."

오장명은 두 눈을 부릅떴으나 견디지 못하고 그 자리에 풀썩 쓰러졌다.

마구보는 두 눈에서 흉광을 뿜어냈다.

"오늘 이 쓸모없는 늙은이의 장사를 치러주마!"

그는 오른발을 들어 바닥에 쓰러진 오장명의 머리를 힘껏 밟으려고 했다.

그대로 밟히면 오장명의 머리가 두부처럼 으스러질 게 뻔한 순간,

"그만둬!"

차가운 음성과 함께 옆에서 손 하나가 튀어나오며 그의 발목을 꽉 움켜잡는 것이었다.

"웬 놈이냐?"

오장명은 상대를 노려보았다.

이제 십팔 세가량 되어보였는데, 청년이라기보다는 소년에 가까웠다.

앞가슴에 새하얀 앞치마를 두르고 있는 것으로 보아 주방에

서 일하는 것이 분명해 보이는 소년.

백리휴는 매우 분노한 얼굴을 하고 있었다.

"주루에서 행패를 부르는 것도 모자라 나이 많이 든 노인에게 폭력을 행사하려 한단 말이오?"

오장명은 여전히 그에게 발목을 잡힌 엉거주춤한 상태였다.

"이 애송이 놈, 어서 본 어르신네의 발을 놓거라."

"원한다면 그래주지."

백리휴는 그가 잡고 있던 발목을 바닥으로 홱 내팽개치듯 던졌다.

자연 오장명의 몸 역시 아래로 향하며 바닥으로 넘어지고야 말았다.

콰당!

"이 꼬마 놈이 감히 이 마구보를 우롱해? 가만두지 않겠다!"

그는 벌떡 일어서기가 무섭게 백리휴를 향해 휘익 주먹을 날렸다.

그러나 그의 주먹은 백리휴의 얼굴 앞에서 우뚝 멈추고야 말았다.

어느 틈엔가 그가 손바닥으로 마구보가 날린 주먹을 꽈악 움켜쥐고 만 것이다.

"힘이 있다고 해서 타인을 폭력으로 억누르려고 하는 것은 금수만도 못한 짓이오."

"으으……. 그 손을 놓아라……."

"잘못했다고 비시오."

"네, 네놈이… 이러고도 우리 흑사파가 가만있을 것 같으냐?"

마구보의 얼굴이 고통스럽게 일그러지고 있었다.

믿기지 않게도 눈앞에 있는 녀석의 손에 잡힌 주먹이 마치 금방이라도 부서지기라도 할 것처럼 지독히도 아파왔기 때문이었다.

어찌나 아픈지 온몸의 힘이란 힘이 다 빠져나가는 듯한 느낌이 들었다.

"으으……. 어… 어서 그 손을… 놓아라……."

마구보의 입에서 신음인지 비명인지 모를 말소리가 흘러나왔다.

그러나 백리휴는 요지부동이었다.

"내 손에서 벗어나고 싶다면 먼저 잘못했다고 용서를 구하시오."

양만보가 얼른 그에게 다가왔다.

"이봐, 백리휴……. 이제 그만하게."

백리휴는 그를 보지도 않은 채 마구보를 노려보았다.

"그가 시작했으니 끝내는 것도 그뿐입니다. 양 총관님……."

"어허, 이 친구 고지식하기는……."

양만보는 얼른 마구보에게 눈짓을 했다. 그의 말대로 하라는 의미였다.

마구보는 고개를 끄덕였다.

"잘못했네… 잘못했어……. 그러니 용서해 주게……."

"다음번에도 이런 행패를 부린다면 그땐 당신의 손은 무사하지 못할 것이오."

백리휴는 그의 주먹을 쥐고 있던 손을 주루 입구 쪽으로 확 뿌렸다.

그러자 마구보의 몸이 입구를 향해 날아가더니 콰당 바닥으로 나뒹굴었다.

"어디 두고 보자!"

바닥에서 벌떡 몸을 일으킨 그는 원독어린 외침을 터뜨린 뒤 후다닥 주루 밖으로 도망쳤다.

"우와! 최고다!"

"백리휴! 제법이로구나!"

주루 안에서 요란한 박수소리가 터져 나왔다.

어느 틈엔가 주방에서 일하는 자들은 물론이고 점원들까지 나와 지켜보고 있다가 백리휴가 마구보를 내쫓자 일제히 환호성을 지른 것이다.

양만보도 그의 어깨를 두드리며 칭찬했다.

"이제 보니 자네도 힘 좀 쓸 줄 아는군. 오늘 수고했네."

"아닙니다. 주루를 위해 했을 뿐인데요."

백리휴는 멋쩍은 듯 가볍게 얼굴을 붉혔다.

지난 이 년 동안 태원루에서 일하면서 키만 커진 것이 아니라 힘도 그만큼 세졌다.

'무극팔로세는 하루도 빠지지 않고 수련해 온 덕분이다.'

정확히는 우공이 떠나면서 그의 몸에 막힌 기혈을 터주고 탁기를 몰아냈기 때문이었다.

그러나 그것을 알 리 없는 그는 모두 무극팔로세를 열심히 수련했기 때문이라고만 생각했다.

'노야의 말씀대로 아랫배에 힘주고 호흡에 신경 쓴 채 무극팔로세를 수련했기에 효과를 본 것이다.'

이때 바닥에 쓰러져 있던 오장명을 살피던 임호관이 다급히 소리쳤다.

"양 총관님! 오 영감님이 의식을 잃었습니다!"

"어이쿠! 오 영감!"

양만보는 얼른 오장명에게 다가가 그의 어깨를 흔들었다.

그러나 이미 의식을 잃은 듯 축 늘어져 있는 오장명이었다.

"의원을 불러! 당장 오라고 하게!"

"제가 다녀오겠습니다."

양만보의 다급한 외침에 점원들 중 한 명이 황급히 밖으로 뛰어나갔다.

'제발 무사해야 할 텐데……'

지켜보던 백리휴의 얼굴이 어두워졌다.

오장명은 그에겐 면을 가르쳐 주는 스승일 뿐만 아니라 때론 자상한 할아버지와 같았기 때문이다.

第七章

여자라는 이름의 불청객

면왕
백리
휴

탁!

의원이 방문을 닫고 나왔다.

밖에서 기다리고 있던 태원루의 인물들 시선이 모두 그를 향했다.

양만보가 물었다.

"조 의원, 오 영감님은 어떻소?"

의원은 다소 무거운 얼굴을 했다.

"아마 석 달은 자리보전해야 할 것입니다."

"그렇게나 안 좋단 말이오?"

"겨우 몇 대 맞은 거라고 생각할는지 모르겠지만 오 영감의 나이를 생각한다면 산 것도 신기한 일이오."

"으음……."

"내 몇 가지 약재를 보낼 테니 시간에 맞춰 약을 먹이시오."

그 말을 끝으로 의원은 태원루를 떠났다.

양만보는 절레절레 고개를 흔들며 다른 자들을 둘러보았다.

"모두들 들었지? 아무튼 오 영감님 목숨에는 지장없다고 하는 거. 석 달 동안 누워 있어야 한다니 답답은 하겠지만 별수 없는 일이지. 자, 모두 돌아가. 야근할 자들만 남고 다른 자들은 모두 퇴근하도록 해."

"알겠습니다."

다른 자들은 오장명이 목숨에는 지장없다는 말에 안심했는지 모두 방문 앞에서 물러섰다.

주방으로 돌아가며 임호관이 백리휴를 보며 말했다.

"아무래도 내일은 조금 일찍 출근해야 할 것 같다."

백리휴가 물었다.

"달리 이유라도 있나요? 호관이 형……."

"그거야 오 영감님이 누웠으니 우리들이라도 열심히 설쳐야 하지 않겠어? 젠장. 내일 오는 손님들 입맛이 까다롭지 않아야 할 텐데……."

임호관은 내일 국수 만들 일이 걱정인 듯 투덜거렸다.

"호관이 형은 어르신이 만드시는 건 다 만들잖아요?"

"만드는 게 문제가 아니라 맛이 문제지. 솔직히 난 아직 오 영감님처럼 맛있는 국수를 내놓지 못하거든……."

"열심히 하면 어떻게 되겠지요."

"하긴 방법이 없지. 아무튼 내일 일찍 나오라."

"알겠습니다."

백리휴는 그에게 인사를 한 뒤 태원루 밖으로 나왔다.

둥둥.

멀리 고루에서 자시를 알리는 북소리가 들려왔다.

늘상 그랬지만 그가 퇴근하는 시간이 이 무렵이었다.

"일단 집에 도착하면 씻기부터 해야겠구나."

하루 온종일 주방 화덕 앞에서 국수를 삶아내느라 온몸이 끈적거렸다.

그는 이내 어둠 속으로 걸어갔다.

                    *   *   *

소녀는 아름다웠다.

화용월태라는 말이 오직 그녀를 위해 만들어진 낱말인 것처럼 그녀의 미모는 천부적인 것이었다.

그녀는 아름다운 것만이 아니었다.

그녀는 총명했고, 무공에도 뛰어난 재질을 보이고 있었다.

당금 강호에서도 그녀는 청년들 사이에서도 두각을 나타내는 존재였고, 적어도 열 손가락 안에 드는 신진고수였다.

더군다나 그녀의 가문 역시 그녀의 아름다움만큼이나 뛰어난 곳이어서 이제 십팔 세에 불과한 그녀는 도도함을 휘장처럼 드리우고 있는 콧대 높은 소녀이기도 했다.

그녀는 머릿속으로 아버지의 말을 떠올리고 있었다.

"상화야, 애비 역시 선대의 약속을 가지고 널 구속하기는 싫다. 그러나 할아버지의 유훈이니만큼 한 번쯤은 생각해 보고 결정하라고 말하고 싶구나."

"그랬단 말이지······?"
그녀는 붉은 입술을 질근 깨물었다.
이미 서안 시내로 들어선지 오래였다.
그녀는 걸음을 멈추고는 암천을 올려다보았다.
달빛이 투명한 그녀의 살결과 부딪히자 오히려 검게만 느껴졌다.
"사실 보나마나한 것이겠지. 몰락한 무가이니······. 할아버지가 남긴 유언만 아니었다면 나 유상화(劉想花)가 여기까지 올 일은 없었을 것이다."
그녀는 다시 걸음을 옮기기 시작했다.
둥둥.
자시를 알리는 북소리가 멀리서부터 들려왔다.
그녀가 걸어가고 있는 방향은 시내와 조금 떨어진 외곽이었다.

*   *   *

"멈추어라."

지름길로 가기 위해 막 골목길을 접어들 무렵, 앞에서부터 나직한 외침이 흘러나왔다.

백리휴는 걸음을 멈추고 자신의 앞을 가로막은 자들을 보았다.

여섯 명.

거칠게 보이는 인상들. 척 봐도 동네 건달임을 알 수 있는 얼굴들이었는데, 그들 중에는 아까 태원루에서 행패부리다가 자신에게 쫓겨 난 마구보가 있었다.

"독사 형님 바로 저놈입니다."

마구보는 가운데 팔짱을 낀 채 서 있는 뱀눈의 장한에게 고개를 숙인 채 손가락으로 백리휴를 가리켰다.

독사.

독사파에서도 서열 삼 위인 그는 매우 잔인한 성격의 소유자였다.

그는 백리휴를 노려보며 얄팍한 입술을 질겅거렸다.

"마빡에 피도 안 마른 애송이로군."

"쉽게 보시면 안 됩니다. 힘이 여간 아닙니다."

"한심한 놈! 일을 제대로 처리하라고 보냈더니. 오히려 당하고 와!"

마구보를 보며 북 인상을 긁은 독사는 백리휴에게 말을 건넸다.

"애송아, 감히 우리 일에 끼어들다니 그 대가를 치러야 할 것이다."

백리휴는 얼굴을 찌푸렸다.

"대충 상황을 보니 모두 그와 한패인 것 같군."

"그럼 더 이상 얘기할 필요가 없겠구나. 조져!"

"예, 형님……."

독사의 명령에 마구보를 비롯한 다섯 명이 서서히 백리휴 앞으로 다가왔다.

"흐흐……. 내년 이 맘 때가 네놈 제삿날이 될 거다."

"뒈져!"

네 명의 장한이 대뜸 그를 향해 주먹을 휘두르며 달려들었다.

'느리군.'

백리휴는 눈앞으로 날아드는 장한의 주먹을 가만히 지켜보았다.

그의 눈엔 장한이 휘두르는 주먹이 굼벵이가 기어오는 것처럼 느리게만 보였다.

'이것도 무극팔로세의 효과 덕분일까?'

내심 중얼거리면서 백리휴는 날아들던 장한의 주먹을 슬쩍 피한 뒤 손바닥으로 냅다 뺨을 후려갈겼다.

짜악!

"어어……."

달려들던 장한은 기이한 신음을 흘리더니 풀썩 그 자리에 엎어지고야 마는 것이었다.

"뭐야? 고작 따귀 한 대 맞고 쓰러져?"

"어서 빨리 일어나!"

"저 자식 입에 거품 물었는데……?"

다른 장한들은 어이없다는 듯 소리쳤다.

대 흑사파의 조직원이 고작 뺨 한 대 맞고 쓰러지다니.

보기에도 말캉해 보이는 어린 녀석에게 뺨을 맞았다는 자체가 이해가 되지 않지만 맞았다고 해도 바닥에 쓰러진 채 전신에 부들부들 경련을 일으키며 입에 거품을 문다는 게 이해가 되지 않았다.

하지만 그 이해되지 않는 일은 곧 자신들에게도 발생하고야 말았다.

"젯값을 치른다고 생각하십시오."

다소 꾸짖는 듯한 음성과 함께 언뜻 백리휴가 그들에게 다가온다고 생각되었다.

그렇게 생각된 순간, 장한들의 두 눈에서 불통이 튀었다.

짝! 짜자자작!

피하고 막고 할 틈도 없었다.

동시에 머리끝까지 번지는 지독한 고통.

'커억! 대체 이런 아픔이라니…….'

'게다가 도무지 정신을 차릴 수 없다…….'

'제, 젠장…….'

설명은 길었으나 그야말로 순식간에 벌어진 일이었다.

장한들은 마치 술 취한 것처럼 두 다리를 연신 휘청거리더니 풀썩풀썩 자리에 주저앉아 좀처럼 일어서지 못하는 것이었다.

"……?"

독사는 그만 어처구니없다는 얼굴을 했다.

본래 그는 마구보를 비롯한 수하들로 하여금 백리휴가 구타한 다음 팔 하나를 꺾어놓으려고 했었다. 그것은 감히 흑사파의 일에 끼어들지 말라는 경고였다.

그런데 그가 데리고 온 수하 다섯 명이 따귀를 맞고선 그대로 바닥에 나뒹굴고 있었으니 기가 막힐 일이었다.

고작 따귀 한 대씩을 맞고서.

"이런 형편없는 녀석들! 저런 것들을 내 따까리라고 데리고 다녔다니……."

독사는 버럭 소리친 뒤 품속에서 비수 한 자루를 꺼내 들었다.

으스름한 달빛에서도 비수는 새파란 날을 세우고 있었다.

"무슨 수를 썼는지 모르지만 오늘 네놈 살로 포나 떠야겠다."

쉬익!

그는 지체없이 비수를 빠르게 휘둘러 백리휴의 가슴을 찔러 왔다.

사실 흑사파가 별로 대단치 않은 뒷골목 조직이고, 그곳에 속해 있는 놈들이 무공을 익혔다고 하지만 삼류 정도밖에는 되지 않았다.

그러나 독사의 무공은 이류 수준이었고, 오랫동안 뒷골목 싸움으로 다져진 풍부한 경험으로 인해 만만하게 볼 수 있는 자는 아니었다.

지금 그가 비수를 휘두르고 있는 수법은 강호의 낭인들이 즐겨 사용한다는 흑사검법이었다. 결코 만만히 볼 수 없는 검법.

그런데 그가 휘두르는 비수는 좀처럼 백리휴의 몸 가까이에 접근하지 못하고 있었다.

그것은 백리휴가 두 팔을 벌린 채 큰 원을 그리며 휘두르고 있기 때문인데, 어찌 된 일인지 보이지 않는 벽에라도 가로막힌 듯 독사가 휘두르는 비수는 그의 몸 가까이에서 미끄러지는 것이었다.

"대, 대체 왜……?"

독사는 당황한 얼굴을 했다.

이제껏 그가 상대해 온 자들 중에는 그보다 강한 자들도 제법 되었다. 그러나 그들 역시 어떻게 한든 이 비수로 멱을 따 놓고 말았는데, 지금과 같은 경우는 단 한 번도 없었다.

'어… 어떻게 된 거야? 비수가 녀석의 몸에 다가가질 못하고 있다. 설마 녀석이 무공을 숨긴 고수……?!'

갑자기 머리카락이 쭈뼛 곤두섰다.

그 순간,

"당신은 나와 얘기를 해야 할 거요."

백리휴가 담담히 말하며 성큼 그의 앞으로 걸어왔다.

동시에 그는 우수를 휘둘러 독사의 뺨을 갈겼다.

짜악!

"끄윽……."

휘청!

마치 누군가 뿌린 독약에라도 중독된 것처럼 머리가 찔찔해졌다. 얼굴 위로 기름을 부어놓고 불을 당긴 것 같은 지독한 고통이 느껴진 것은 그다음의 일이었다.

'으아아아…….'

독사는 피토하는 듯한 비명을 터뜨렸다.

하지만 비명은 입 밖으로 나오지 못했다.

그것은 그가 비명을 지르려 하는 순간에 이번엔 백리휴가 그의 왼뺨을 갈겼기 때문이다.

짝!

"대체 왜 우리 태원루에서 행패를 부린 겁니까?"

한마디 물음에 이어 그의 손이 이번엔 독사의 뺨을 왕복으로 갈겼다.

짝! 짝!

"말하기 싫으면 하지 않아도 됩니다. 나도 꼭 듣고 싶은 건 아니니까."

촤차차차착! 짝짝!

한마디 말을 하는 동안에 십여 차례나 그의 손이 독사의 뺨은 물론이고 전신을 갈기고 있었다.

'으으…….'

독사는 미치고 환장할 노릇이었다.

난생처음 느껴보는 지독한 고통이었다.

'아… 그냥 기절이라도 하고 싶다. 하지만 그럴 수도 없으니…….'

실로 알 수 없는 일이었다.

본래 인간이란 참을 수 없을 만큼의 지독한 충격이나 고통을 받으면 기절하는 게 당연한 일이었다.

그러나 수십 차례나 뺨을 맞고서도 그는 기절하지 않았다.

맞으면 맞을수록 오히려 그의 정신은 또렷해졌고, 그만큼 고통도 비례해서 증가했다.

'이, 이러다간 결국 죽고 말겠다. 아니, 틀림없이 죽을 거야…….'

밑바닥 인생이긴 하지만 삶에 대한 애착은 강했다.

독사는 혼신의 힘을 다해 바닥에 납작 엎드리며 악을 쓰듯 소리쳤다.

"말… 말하겠습니다! 그러니 이제 그만……!"

우뚝!

백리휴의 손이 멈춰졌다.

그는 바닥에 엎드린 채 퉁퉁 부어 있는 독사의 얼굴을 보며 입을 열었다.

"거짓말을 했다간 용서하지 않을 겁니다."

그의 태도는 마치 글을 읽는 선비처럼 담담했고, 말 또한 정중했다.

그러나 독사는 등 뒤로 소름이 쫘악 끼치는 걸 느꼈다.

'으으……. 이놈은 웃으면서 우리를 때려죽일 놈이야…….'

그는 다급히 말했다.

"그, 그러니까 왜 마구보가 아까 태원루에서 행패를 부렸나 하면……."

"본론만 간단히 말해주십시오."

"한마디로 태원루를 우리 흑사파가 접수하려고 했습니다."

'결국 그런 이유가 있었군.'

듣고 있던 백리휴는 그제야 이해가 간다는 얼굴을 했다.

지난 이 년 동안 그가 태원루에서 일하는 동안 오가는 손님들로부터 들은 얘기가 많았다.

그중의 하나가 폭력조직들이 주루를 인수하기 위해 쓰는 방법들이 바로 이런 것이었다.

즉, 조직원들을 시켜 주루에 가서 행패를 부리고 장사가 안되도록 한 다음 터무니없는 가격으로 후려쳐서 주루를 먹어치운다는 것이다.

사실 백리휴가 그들을 족친 건 아까 독사가 마구보에게 '일을 제대로 처리하라고 보냈더니'라고 한 말 때문이었다.

그것은 마구보가 태원루에서 행패부린 게 그리 단순한 게 아니라는 걸 의미했고, 그랬기에 그는 독사를 과하다 싶을 정도로 뺨을 갈겨서 알아낸 것이었다.

독사와 그 일당들은 모르겠지만 그들의 뺨을 갈긴 수법은 바로 우공이 백리휴에게 알려준 풍혼탈백장이었다.

비록 백리휴가 공력이 없었고, 또한 손에 그리 큰 힘을 실지는 않았으나 풍혼탈백장은 삼면무쌍유일존인 우공의 절학.

분뢰검주 모극렬과 등천곤왕 동곽마저 공포에 떨게 한 무공이니 한낱 뒷골목의 악당들이 막을 수 없는 건 너무도 당연한 것이었다.

"가서 전하시오!"

백리휴는 낯빛을 굳힌 채 준엄히 소리쳤다.

"그대들이 속한 흑사파의 두령에게 계속해서 태원루를 건드린다면 내가 참지 않을 것이라고!"

"아, 알겠습니다요⋯⋯."

"그땐 결코 오늘처럼 간단하게 끝나지는 않을 터. 반드시 명심하시오!"

"마⋯ 말씀대로 따르겠습니다⋯⋯."

독사를 비롯한 여섯 명이 일제히 바닥에 넙죽 엎드린 채 연신 머리를 조아렸다.

백리휴는 그런 그들을 주시하더니 이내 앞을 향해 걸어갔다.

이윽고 백리휴가 완전히 골목에서 사라지자, 그제야 그들은 일제히 한숨을 내쉬었다.

"히유⋯⋯. 이제야 살 것 같네."

"그냥 평범한 주방보조인 줄 알았는데⋯⋯."

"야! 마구보!"

갑자기 독사가 도끼눈을 뜬 채 마구보를 째려보았다.

"너 분명히 그저 힘만 조금 센 놈이라고 했었지?"

마구보가 움찔거렸다.

"그, 그게 그땐 그런 줄만 알고……."

"빌어먹을 자식! 꼭 똥인지 된장인지 찍어먹어 봐야 하는 거냐?"

"독사 형님! 그거야 형님이 무조건 행패를 부리라고……."

"닥쳐!"

퍼억!

독이 바짝 오른 독사의 주먹이 마구보의 왼쪽 눈에 정확히 꽂혔다.

"꾸웨에엑!"

마구보의 입에서 돼지 멱따는 듯한 비명이 터져 나왔다.

독사가 득달같이 달려들며 두 주먹으로 그의 몸을 난타했다.

"이 자식… 왠지 전부터 네놈은 마음에 안 들었어!"

"으아아악!"

구타는 틀림없는 화풀이었다.

밤하늘 위로 한 인간의 비명 같은 절규가 연신 울려 퍼졌다.

그때 독사와 함께 왔던 네 명이 마구보를 노려보며 두 손 마디를 우득우득 꺾었다.

"독사 형님, 우리 차례도 생각해 주시죠?"

"잘못된 정보가 얼마나 인체를 유해하게 하는지 알려주어야 하니까요."

흑사파의 조직원들.

의리라곤 눈곱만치도 없는 녀석들이었다.

*　　*　　*

처억.

백리휴는 집 문을 밀고 안으로 들어갔다가 멈칫거렸다.

위룡전.

자신이 침실로 사용하고 있는 방이 환하게 불이 켜져 있었다. 방문 위로 방 안에 누군가 앉아 있는 그림자가 보였다.

"……?"

그는 의아한 얼굴을 했다.

그는 곤혹스러운 듯한 손으로 머리를 긁적이더니 방 앞으로 다가가 나직이 헛기침을 했다.

"어흠어흠……. 실례하겠소."

그는 방문을 열었다.

드륵.

순간 그는 보았다.

일신에 눈꽃처럼 새하얀 백의를 걸친 채 자신이 사용하고 있는 침대 위에 앉아 있는 한 백의소녀를.

선녀가 지상으로 내려왔다고 할까.

버들잎처럼 가는 아미에 밤하늘의 보석을 박아놓은 듯한 투명한 한 쌍의 봉목에서 흘러나오는 눈빛은 도도하면서도 차가웠다.

실로 그 어떤 수식어로도 설명이 안 되는 아름다움을 지닌 백의소녀. 어쩌면 방 안이 환한 건 협탁 위에 켜놓은 촛불이 아니라 그녀의 미모 때문인지도 몰랐다.

"아……."

백리휴는 자신도 모르게 나직이 탄성을 터뜨렸다.

그러나 곧 자신의 실수를 깨닫고는 이내 정중한 어조로 물었다.

"대체 소저는 누구시오? 이곳은 소생의 집이며 더욱이……."

그의 말은 더 이상 이어지지 않았다.

백의소녀가 입을 열어 그의 말을 잘랐다.

"난 오늘 하루 온종일 걷기만 했어요."

"……?"

"피곤해서라도 난 더 이상 움직일 수 없어요. 쉬고 싶어요."

그러니까 방에서 나가달라는 말이었다.

백리휴는 어처구니가 없다는 눈빛을 했다.

"소저께서 들어온 이 집이 소생의 가문이며 지금 이 방은 이제껏 소생이 사용하고 있었소."

백의소녀는 여전히 차가운 눈빛으로 방 안으로 둘러보았다.

"그런 것 같군요."

"그걸 알면서 지금 상황에서 이런 말을 하시는 겁니까?"

"상황이 뭐가 중요하죠? 아무튼 지금은 너무 늦은 시각이에요. 젊은 남녀가 함께 있기에는……."

'이것 참…….'

백리휴는 기가 막혔다.

적반하장이 따로 없었다. 얼굴도 모르는 생면부지의 소녀가 느닷없이 방 안을 차지하더니 자신에게 축객령까지 내리는 게 아닌가.

백의소년 유상화는 여전히 아미를 찌푸렸다.

"설마 나와 함께 이 방을 쓰자는 말은 아니겠죠?"

"……!"

불끈 화가 치밀어 올랐다.

남의 집 안방에 들어와서 오히려 쉬어야 하니 나가달라고 말하는 여자가 뻔뻔스럽게 느껴졌다.

그렇다고 화를 낼 수는 없는 일, 게다가 피곤해서 쉬고 싶다는 여자와 싸우고 싶은 생각은 없었다.

"좋소. 누군지는 모르나 꽤 힘든 것 같으니 오늘 하루만 쉬도록 허락하겠소."

그는 절레절레 고개를 흔들며 그녀를 바라보더니 이내 방문을 닫고 밖으로 나왔다.

그가 나간 방문을 보며 유상화는 나직이 중얼거렸다.

"저자로군. 몰락한 백리가의 마지막 후손이라는 백리휴……."

백리휴는 방에서 나와 후원에 있는 서재로 갔다.

'노야가 떠난 후로는 사용하지 않았는데 이상한 여자 때문에 꼼짝없이 여기서 자야 되는구나.'

조금 전 방 안에서 보았던 소녀의 모습은 지독히도 아름다웠다.

그러나 그에게 있어 그녀는 불청객일 뿐이었다.

여자라는 이름의 불청객.

서재에 다다른 그는 서재 문을 열고 안으로 들어갔다.

여느 때처럼 변한 것 없이 없는 서재 안.

백리휴는 주위를 둘러보더니 책상 앞에 놓여 있는 나무의자에 앉고는 몸을 뒤로 젖혔다.

'혹사파 놈들이 더 이상 행패는 부리지 않겠지. 그나저나 어르신이 걱정이로군. 부디 하루 빨리 자리에서 일어나셔야 할 텐데……'

잠시 여러 가지 생각을 하던 그는 다시 몸을 일으켜 서재 밖으로 나갔다.

잠시 어두운 암천을 바라보던 그는 서재 앞에 서서 두 팔을 벌린 채 서서히 움직여 갔다.

무극팔로세였다.

매일 아침과 밤마다 하루에 두 번씩 수련하라는 우공의 당부대로 그는 이제껏 하루도 빠지지 않고 이렇게 수련해 왔던 것이다.

점차 시간이 흐를수록 그의 움직임은 점점 느려져 갔고, 호흡 역시 매우 가늘게만 이어졌다.

화암귀식 특유의 호흡법이 발동된 것이다.

그러나 그것과는 달리 그의 몸은 온통 땀투성이였다.

'뭐야? 고작 체조인가?'

지붕 위에 그를 지켜보고 있는 한 쌍의 눈동자가 한심하다는 빛을 띠었다.

유상화는 지붕 위에 앉은 채 서재 앞에서 무극팔로세를 펼치고 있는 백리휴를 내려다보면서 다소 짜증스런 얼굴을 했다.

'아무리 몰락한 무가라고 하지만 제대로 된 무공도 수련하지 않고 고작 체조라니…….'

생각은 했지만 이건 해도 너무 했다.

부자가 망해도 삼 년은 간다고 하던데 지금 백리가는 비유하자면 땟거리도 없이 굶어죽기 일보 직전이라고 할 수 있었다.

적어도 그녀가 보기엔 그랬다.

'무가의 후예가 무공을 모른다면 볼 것도 없겠군. 하긴 꼴을 보니까 고리타분하게 글만 읽은 것 같던데…….'

정상적인 가문이라면 글을 읽는 것도 괜찮을 것이다.

잘해서 과거에 합격하여 관계로 진출하게 되면 가문에게 적지 않은 도움이 될 테니까.

그러나 지금 숨넘어가기 직전의 환자와 같은 백리가라면 그건 무능의 극치에 지나지 않았다.

'괜히 왔군. 그래도 혹시나 했는데 역시나인가? 그나저나 꽤 열심히 하는군. 체조를……. 꺄악!'

절레절레 고개를 흔들던 그녀는 돌연 내심 자지러질 듯한 비명을 지르며 두 손으로 얼굴을 가리고 말았다.

백리휴.

열심히 체조를 하고 있던 그가 근처에 있던 우물가로 가더니 훌훌 옷을 벗었기 때문이었다.

'녀석이… 옷을 벗었어…….'

그녀는 슬쩍 얼굴을 가리고 있던 손가락을 살짝 폈다.

보였다.

은은한 달빛 아래, 우물에서 물을 길어 찬 물을 끼얹고 있는 백리휴의 적나라한 모습을.

겉으로 보기보단 그의 상체는 매우 근육이 발달해 있었다.

탄탄한 몸매였다. 왕(王)자가 뚜렷하게 새겨진 복근도 보고 있노라면 절로 탄성을 일게 할 정도였다.

그리고 그 아래.

문득 백리휴는 몸을 돌렸다.

아마도 우물에서 물을 길기 위해서 인 것 같았는데, 숨 죽여 지켜보고 있던 그녀는 내심 안타까운 한숨을 내쉬었다.

'아……. 하필이면 이때…….'

도도하게만 보였던 그녀의 얼굴을 붉은 홍시처럼 달아올라 있었다.

'다른 건 몰라도… 몸 하나 괜찮네. 탄탄대로야.'

여기서 '탄탄'이란 말이 지칭하는 건 근육으로 다져진 그의 몸이라는 건 알겠는데, 대체 '대로'란 무슨 의미일까?

숨죽여 그를 지켜보고 있는 그녀의 눈빛만 뜨거웠다.

유상화.

홀연 백리가로 들이닥친 불청객인 그녀는 연신 마른침을 꼴깍꼴깍 삼켰다.

아까도 말했지만 그녀는 매우 도도한 성격의 소유자였다.

'아직 안 일어난 모양이로군.'

아침이 어슴푸레하게 깨어날 때 백리휴는 서재를 나와 위룡전 앞을 지나고 있었다.

간밤에 주인없는 방을 차지한 정체불명의 소녀.

지금까지 자고 있는 듯 방 안엔 불이 꺼져 있었다.

그는 미간을 찌푸리더니 이내 대문 쪽으로 몸을 돌렸다.

'어차피 밤에 오면 가고 없겠지.'

그는 대문을 나섰다.

*   *   *

주방에서 가장 바쁜 때라면 바로 아침이라고 할 수 있었다.

그것은 주루에서 사용될 각종 재료를 다듬어야 할 뿐만 아니라 여러 가지 준비를 해야 하기 때문이었다.

그러나 이날만은 달랐다.

주방에 들어선 백리휴는 흠칫 놀란 얼굴을 했다.

"어, 어르신……."

뜻밖에도 주방 안에는 창백한 안색을 한 오장명이 의자에 앉아 있다가 그를 맞이했다.

"어서 오너라. 기다리고 있었다."

"몸은 괜찮으십니까?"

백리휴는 의아했으나 걱정스러운 듯 물었다.

오장명은 입가에 미소를 띠운 채 고개를 끄덕였다.

"괜찮다. 당분간은 거동하기가 조금 불편할 뿐. 일단 저기에 서 있거라."

그가 가리킨 곳엔 두 명이 다소 긴장한 얼굴을 한 채 서 있었다. 그들은 모두 오장명 아래서 국수를 배우고 있는 요리사들이었는데 한 명은 당연히 임호관이었고, 다른 한 명은 석철이라는 중년 요리사였다.

그리고 보니 주방 안에는 두 사람 외에도 다른 요리사들도 모여 있었고, 모두 심각한 얼굴을 하고 있었다.

그들 중에는 주방을 책임지고 있는 숙수 장만우와 총관 양만보도 있었다.

"……."

백리휴가 두 명 옆에 나란히 서자, 기다렸다는 듯 오장명이 입을 열었다.

"모두 어제 있었던 일을 알 것이오. 또한 나 오장명이 당분간 주방에 일할 수 없다는 것도…….”

모두들 고개를 끄덕였다.

겉보기보다는 오장명의 상태는 제법 큰 것이었다.

조 의원이 적어도 석 달은 자리보전을 해야 한다고 했으니, 그 말은 곧 석 달은 주방 일에서 손을 뗀다는 것을 의미했다.

“우리 태원루의 주방은 장 숙수가 알아서 할 것이나 지난 세월 동안 국수만큼은 이 늙은이가 맡아서 해왔네.”

“영감님의 초마면은 최고였으니까.”

오장명의 말에 숙수 장만우가 엄지손가락을 들어 보였다.

“다른 음식이라면 모를까 국수는, 특히 초마면에 관해서라면 내가 실력이 떨어지지.”

“장 숙수가 다소 겸손한 말이긴 하지만 오 영감님이 없었으면 우리 태원루의 매출도 적지 않은 영향이 있었을 것이오.”

장만우의 칭찬과 그의 말에 화답하는 양만보의 너스레에 오장명은 가볍게 미소 지어 보였다.

“그래서 하는 말이네만… 당분간 나를 대신하여 손님들에게 우리 태원루의 국수를 내놓을 면수를 선정하도록 하겠네.”

즉, 자신을 대신하여 국수를 만들 자를 선임하겠다는 말!

갑작스런 말에 백리휴는 그만 두 눈을 휘둥그레 떴다.

그러나 그런 그와는 달리 임호관과 석철은 아무런 표정의 변화가 없었다.

그것은 다른 자들도 마찬가지였다.

아마도 그가 오기 전에 미리 공표한 듯했다.

"그동안 세 사람은 내 밑에서 국수를 배웠네. 그러니 오늘 그대들을 시험하여 당분간 나를 대신할 면수로 하겠네."

오장명의 말에 석철이 넌지시 물었다.

"하면 어떤 방법으로 뽑겠다는 말씀이십이까?"

오장명은 짧게 말했다.

"초마면!"

"……?"

"이제부터 그대들은 각자 자신들이 만들고 싶은 초마면을 만들어 내놓으면 된다. 그대들이 만든 초마면에 대한 품평은 나를 비롯한 장 숙수와 양 총관이 할 것이다."

"초마면만 만들면 되는 것입니까?"

"그렇다. 첨언한다면 그대들이 만들어야 할 초마면은 태원루에서 내놓는 기존의 초마면 맛을 살리되 이제까지 없었던 새로운 초마면이 되어야 할 것이다. 공평을 기하기 위해 면과 육수는 미리 준비해 놓은 것을 사용한다. 시간은 각자 이각을 주겠다. 그럼 이제 시작하도록……."

이것으로 그의 말은 끝났다.

백리휴 등 삼인은 주방에 미리 준비해 놓은 화덕 앞으로 다가갔다.

화덕 위에는 이미 커다란 냄비가 올려져 있었고, 금방이라도 불을 붙이기만 하면 냄비가 달아오를 것 같았다.

화덕 옆에는 기다란 도마가 있었고, 그 위에는 동일한 돼지고기와 해산물, 채소 등이 가지런히 놓여 있었다.

"……!"

"……!"

세 명은 한동안 화덕만을 응시했다.

그러더니 임호관과 석철은 뭔가 결심한 듯 화덕에 불을 붙이더니, 곧 돼지고기와 해산물 등을 적당한 크기로 써는 것이었다.

그들이 요리를 시작했음에도 불구하고 백리후는 좀처럼 재료에게 손을 대지 않고 서서 지켜보기만 할 뿐이었다.

'기존의 초마면이면서도 전혀 새로운 맛이라고 했다. 대체 어떻게 만들어야 그런 초마면을 만들어낼 수 있단 말인가?'

머릿속이 복잡해졌다. 이마가 지끈지끈 아파왔다.

'차라리 혼돈을 만들라고 하면 좋았을걸. 혼돈이야 아버지 덕분에 어려서부터 만들었던 것이니……. 가만, 혼돈? 그렇군. 바로 그거야.'

내심 희열에 찬 탄성을 지르는 백리휴였다.

그는 그제야 서둘러 화덕에 불을 지펴 냄비를 달구고는 도마 위에 있는 재료들을 칼로 썰기 시작했다.

다다닥.

새로운 초마면을 만들기 위한 세 명의 손놀림이 바빠졌다.

주방 안은 이내 기름이 볶아지는 맛있는 소리로 가득 차게 되었다.

치이익… 칙칙.

第八章

초마탕면의 탄생

왕
면
백
리
휴

"그만!"

오장명의 입에서 끝을 알리는 외침이 흘러나왔다.

마침내 미리 정해놓은 이각이 끝났다.

"가지고 와라."

오장명이 나직이 소리치자, 주방에서 일하는 청년 한 명이 먼저 임호관이 만든 초마면을 들고는 미리 준비해 놓은 탁자 위에 내려놓았다.

"흐음, 색깔은 괜찮군."

"향기도 제법이오."

양만보와 장만우는 고개를 끄덕였다.

임호관이 만들어 온 초마면.

이 년 동안 오장명 아래서 열심히 배워온 듯 단지 냄새만으로도 군침이 돌았다.

"자, 시식을 해봅시다."

오장명이 외치며 젓가락을 들어 초마면을 면을 집어 입으로 가져갔다.

장만우와 양만보 역시 초마면을 먹었다.

"호오."

그들의 입에서 작은 탄성이 흘러나왔다.

"이거 괜찮군. 오 영감님이 만들어 낸 초마면이라고 해도 무방할 정도요."

"입안에서 씹히는 면발의 식감도 좋고……."

그들의 칭찬에 긴장하고 있던 임호관의 안색이 조금 밝아졌다.

오장명은 더 먹더니 젓가락을 내려놓았다.

"그다음……."

이번엔 석철이 만든 초마면이었다.

그것은 앞서 임호관의 초마면과는 조금 달랐다.

임호관이 태원루가 내놓는 본래의 초마면의 맛을 정통적으로 이어받았다고 한다면 지금 석철의 초마면은 유난히 바다 내음을 풍기고 있었다.

"냄새가 시원하구나. 다른 향을 첨가한 것이냐?"

"인위적인 조미료는 철저히 배제했습니다. 다만 해산물을 기름에 볶아내 그 향을 강하게 했을 뿐입니다."

오장명이 묻자 석철은 자신있는 음성으로 말했다.

자신이 만든 초마면은 다르다.

임호관의 초마면은 물론이고, 면수이자 스승이라고 할 수 있는 오장명의 초마면과도 색달랐다.

'면수는 반드시 내가 될 것이다. 당분간이긴 하나… 이것으로 영감님의 후계자가 되는 것이니까.'

그는 자신이 임시 면수가 되리라 확신했다.

세 명이 시험을 보고 있으나 가장 강력한 적수는 바로 임호관이었다.

매우 정직하게 초마면을 만들어 내는 게 임호관의 장점이기는 했으나, 그것은 또한 단점이기도 했다.

'새로운 게 없다는 것은 따지고 보면 치명적이다. 그건 면수로서 발전할 수 없다는 걸 의미할 테니……'

석철은 애초부터 백리휴를 마음에 두지 않았다.

백리휴야 이제 오장명 아래서 일한 지 이 년밖에는 되지 않은 신입에 불과했다.

그런 녀석에게서 초마면의 새로운 맛을 기대할 수는 없는 일이라고 생각했다.

'물론 그가 만들어 내는 밀가루 반죽은 인정해 주지. 후후……'

석철은 내심 자신만만한 웃음을 흘렸다.

그가 만든 초마면을 맛보던 오장명 등은 크게 고개를 끄덕였다.

"확실히 색다른 맛이로군."

"그렇소. 해산물 맛이 강한 게 임호관의 초마면과는 또 다른 맛이 있군."

"대박이로군. 이것도 손님들에게 내놓으면 제법 호응이 있겠는걸."

그들은 모두 만족한 얼굴을 했다.

석철의 얼굴은 밝아졌고, 대조적으로 임호관은 어두운 얼굴로 고개를 푹 떨구었다. 이것으로 결정이 났다고 생각했다.

오장명이 말했다.

"그럼 이번엔 백리휴 차례로군. 가져오게."

백리휴가 만든 초마면이 세 사람 앞으로 놓여졌다.

"……?"

"……?"

오장명 등은 그가 가져온 초마면을 보며 어리둥절한 얼굴을 했다.

그것은 그뿐만이 아니었고, 장만우와 양만보도 그러했고, 주위에서 바라보고 있던 다른 자들 역시 마찬가지였다.

오장명은 고개를 갸웃거렸다.

"이봐, 백리휴…… 이게 무언가?"

백리휴가 즉시 대답했다.

"초마면입니다."

"이게 초마면이라고……? 이건 탕면이 아닌가?"

그랬다.

그들 앞으로 내놓은 그릇에는 면들이 살짝 보일만큼 붉은 빛이 감도는 국물이 가득 담겨져 있었다.—설명하자면 우리가 먹는 짬뽕이라고 생각하면 된다.

본래 초마면은 돼지고기와 해산물, 그리고 채소 등을 기름에 볶은 뒤 육수를 넣어 자작하게 끓여 약간 남은 국물에 삶은 면을 넣어 비벼 먹는 국수다.

그런데 지금 백리휴가 그들에게 내놓은 초마면은 국물이 면을 덮고 있으니, 볶는다는 뜻의 초면이 아니라 뜨거운 국물에 삶은 국수를 넣는 탕면이라고 할 수 있었다.

하지만 백리휴는 고개를 저었다.

"탕면같이 보일는지는 모르지만 이건 분명 초면입니다."

"탕면처럼 보이는 초면이라……?"

"일단 드셔 보시기 바랍니다."

"그러지."

오장명 등은 잔득 호기심 어린 얼굴을 한 채 젓가락으로 초마면의 면을 건져 입으로 가져갔다.

다음 순간,

"아……!"

"오오……!"

동시에 그들 세 명의 입에서 가벼운 탄성이 흘러나왔다.

입안에 가득 감싸는 얼큰할 정도의 매운 맛!

그러면서 강하게 끌리는 뒷맛이 그들로 하여금 저절로 탄성을 흘리게 만든 것이었다.

"이, 이건 정말 특이한 맛이로군."

"그… 그러게 말이오. 이런 맛은 난생처음이오."

"이건… 너무 맛있군."

후르륵… 쩝쩝…….

그들은 정신없이 초마면을 먹었다.

뜨거운 국물과 매운 맛에 연신 땀을 뻘뻘 흘리면서도 도무지 멈출 수 없는 맛이었다.

사실 이처럼 음식의 맛을 가리는 시합에선 아무리 맛있어도 조금만 맛보는 게 정상이었다. 맛이란 너무 많이 먹게 되면 가릴 수 없게 되니까.

그런 점을 잘 알고 있는 세 명이 저처럼 정신없이 먹는 초마면이라니…….

'엄청 맛있는 거 같은데…….'

'오 영감님은 몸이 정상이 아니란 말이야.'

'그런데도 저렇게 든다는 것은…….'

지켜보고 있던 사람들의 얼굴에는 호기심과 함께 지독한 궁금증이 일었다.

대체 얼마나 맛있으면 저렇게 미친 듯이 먹는단 말인가?

이윽고 그들은 마지막 국물까지 남김없이 먹고는 빈 그릇을 탁자에 내려놓았다.

"한바탕 운동이라도 한 기분이로군."

"그러게 말입니다. 먹으면서도 땀을 뻘뻘 흘리기는 난생처음입니다."

"땀을 빼서 그런지, 기분이 아주 상쾌하네."

마지막에 총관 양만보가 백리휴를 보며 엄지손가락을 추켜세웠다.

"백리휴, 다른 분들의 의견은 모르겠지만 내게 자네의 초마면이 최고일세."

그의 말이 떨어지자 주방 안은 '아아!' 하는 탄성이 흘러나왔다. 그만큼 놀랐다는 의미였다.

오장명도 동의했다.

"나 역시 네게 점수를 주겠다."

"나도 마찬가지요."

장만우 역시 고개를 끄덕였다.

만장일치였다.

주방 안에선 '우와!' 하는 아까보다 좀 더 강력한 탄성이 여기저기서 터져 나왔다.

그것은 백리휴가 만든 초마면이 낙점받았다는 사실에 놀랍다는 반응인 동시에 뜻밖의 결과에 흥분했다는 의미였다.

"이건 불공평합니다!"

난데없는 고함 소리가 터져 나왔다.

석철은 얼굴을 잔뜩 일그러뜨린 채 따지듯 외쳤다.

"분명 조금 전에 시험은 초마면으로 한다고 하지 않았습니까? 하지만 세 분께서 드신 건 초마면이 아닙니다."

"그렇게 생각하는가?"

오장명은 혀를 끌끌 차더니 백리휴에게로 고개를 돌렸다.

"백리휴… 자네가 설명해주어야겠군."

백리휴는 조심스럽게 입을 열었다.

"제가 만든 건 틀림없는 초마면입니다."

"거짓말! 초마면인데 어찌 저렇게 국물이 많을 수 있단 말이냐?"

"아까 어르신께서 말씀하시지 않았습니까? 기존의 초마면 맛을 내되 전혀 새로운 초마면이 되어야 한다고……."

"그래서……."

"초마면을 만들기 위해선 고기와 해산물, 그리고 채소들을 기름에 볶아야 합니다."

그의 말을 듣고 있던 자들의 고개가 절로 끄덕여졌다.

"저 역시 마찬가지로 그렇게 했습니다. 다만 단순히 기름에 볶지를 않았습니다. 그전에 먼저 마른 고추를 넣고 기름에 볶아 고추기름을 만들었죠."

단순히 고추를 넣는 것보다 고추기름을 사용해 음식들을 볶게 되면 매운 맛이 강해진다.

오장명 등이 초마면을 먹었을 때 느꼈던 강렬한 매운 맛은 바로 고추기름 때문이라고 할 수 있었다.

백리휴는 자세히 설명했다.

"그다음은 일반적인 초마면 만드는 방법과 똑같습니다만 마지막에 미리 준비해 둔 육수를 부어 한 번 더 끓인 거죠. 물론 마무리로 후추 대신에 고추 가루를 넣었습니다. 그렇게 해야만 면을 넣었을 때 매운 맛이 살아나니까요."

초마면에서 후추를 넣는 것은 매콤한 맛보다는 향 때문이었다.

그러나 백리휴는 후추 대신에 고추기름과 고추 가루를 사용하여 직접 입안에 넣었을 때의 식감을 살린 것이었다.

그의 말이 끝나자 주방에 있던 자들은 모두 박수를 쳤다.

짝짝짝!

"우와! 그런 방법으로 초마면을 만들다니……."

"신입! 네가 최고다!"

"그럼 초마면이 아니라 초마탕면이겠군."

석철은 고개를 떨궜다.

완벽한 패배였다.

그 역시 새로운 맛을 추구하기는 했으나 백리휴가 만든 초마면을 능가하지는 못한 것이다.

"이제부터 태원루의 면수는 백리휴일세."

오장명이 선포하듯 외쳤다.

"본래 주방에서의 일은 숙수인 장만우가 처리하게 되어 있으나 국수만큼은 면수의 소관. 모두들 그를 따라주기를 바라네."

그는 백리휴에게로 고개를 돌렸다.

"백리휴, 당분간이나마 네가 국수를 맡아서 해야 할 것이야."

"어르신……."

백리휴는 난처한 얼굴을 했다.

어쩌다 시험까지 치르게 된 그였으나 석철과 임호관을 넘어 자신이 면수가 된다는 게 그리 좋을 수만은 없었다.

그런 그의 생각을 짐작한 듯 임호관이 씨익 웃었다.

"뭘 그렇게 걱정해. 아주 맡는 것도 아니고 영감님이 몸이 나을 동안뿐인데…… 안 그렇습니까? 영감님……."

그는 너스레를 떨며 오장명을 바라보았다.

오장명은 가볍게 미소 지었다.

"난 아직 다른 녀석에게 자리를 내주고 싶지 않다. 부상만 나으면 다시 면수는 내 것이 될 테니까. 그러니 좋아할 것도 없다."

"아, 예……."

백리휴는 멋쩍은 한 손으로 머리를 긁적였다.

양만보가 하하 웃으며 나섰다.

"아무튼 우리 태원루에 새로운 면수가 나셨군. 자네처럼 어린 면수는 서안에서뿐만 아니라 천하를 뒤져도 거의 없을 걸세."

이제 십팔 세가 된 백리휴.

본래 면수란 오랜 세월 동안 국수를 만들어 온 장인을 말하는 것이니, 그처럼 어린 나이에 면수가 된다는 것은 놀라운 일이 아닐 수 없었다.

비록 석 달이라는 임시직이긴 해도.

'내가 면수가 되다니…….'

백리휴는 자신의 가슴이 크게 뛰는 걸 느꼈다.

할아버지도 그랬고, 돌아가신 아버지 역시 면수였다.

이젠 자신마저도 면수가 된 것이다.

이제껏 느껴보지 못했던 기이한 감정이 그를 설레게 했다.

'선조께선 백리면요결 속에 가문을 일으키는 방법이 있다고 했다.'

그렇다면 자신이 면수가 되는 게 가문을 일으키는 방법일까? 그것도 괜찮은 일이리라.

비록 과거와 같은 무가가 아니라고 해도 말이다.

입술.

벌리면 화향이 와르르 쏟아질 것은 붉은 입술이 가늘게 경련을 일으켰다.

'면수라고……? 고작 면수?'

벽 하나를 사이에 두고 주방 안에서 일어나는 일을 듣고 있던 백의소녀는 바로 유상화였다.

이른 아침부터 밖으로 나가는 백리휴를 보고는 은밀히 뒤를 따라온 그녀였다.

처음 그가 주루로 들어갔을 때 이곳에서 아침을 먹나 보다, 하고 생각했었다.

그러나 그가 들어간 곳은 주방이었고, 호기심을 느낀 그녀는 귀를 기울여 주방 안에서 일어나는 일을 듣게 되었다.

면수라니…….

이는 곧 국수만을 만드는 요리사라는 말이 아닌가?

'잘못 생각했다. 선비라고 느꼈는데 고작 면수라니. 아무리 백리세가가 몰락했다지만 그 후예가 면수가 된단 말인가?'

화조차 나질 않았다.

기대치에서 적당히 빗나가야 화도 나는 법이다. 그런데 지금 백리휴는 유상화의 생각과는 전혀 다른 목표를 가지고 있는 듯 보였기에 화가 나기보다는 그저 맥이 풀렸다.

그렇다고 그녀가 백리가나 혹은 백리휴에 달리 어떤 감정이 있었던 것은 아니었다.

'다만 돌아가신 할아버지가 간절히 바란다고 유서에 남겨 놓았기에 와본 것뿐이었다.'

호랑이는 죽어서도 그 가죽을 남긴다고 했다.

비록 백리가가 몰락했다고는 하지만 과거의 영화를 생각한다면 그 후예는 달리 뛰어난 점이 있을 거라는 막연한 기대감 같은 것이 있었다.

하지만 아니었다.

'후후, 돌아가신 할아버지가 지금 일을 보셨다면 크게 실망하셨겠군. 그분께선 과거의 인연에 연연하시던 분이셨으니…….'

유상화는 천천히 몸을 돌렸다.

더 이상 그녀는 그를 볼 이유가 없어졌다.

'이유가 없어졌으니 다시 그 집으로 돌아갈 일도 없다.'

그녀는 지금 즉시 자신의 집으로 돌아가 아버지에게 말하기로 했다.

그녀의 부친은 약속을 생명처럼 여기는 분이다.

상인의 약속은 금석보다 단단하다라는 말을 좌우명으로 삼고 있는 아버지이기에 천하에서 제일 큰 상단의 주인이 될 수 있었으리라.

그러한 아버지라도 그녀가 보고 들은 얘기를 한다면 결코 그녀를 반대하지 않을 것이라고 생각했다.

그녀가 그렇게 생각하며 왔던 길로 되돌아가고 있을 때였다.

문득 앞에서부터 반가운 음성이 들려왔다.

"상화로구나."

"……?"

유상화는 의아한 듯 고개를 들고 앞을 바라보았다.

그녀와 조금 떨어진 곳엔 후덕한 인상의 노여승이 그녀를 보며 빙긋 미소 짓고 있었다.

"널 여기서 만나다니 과연 우리 사제는 인연이 있구나."

유상화의 입에서도 반가운 외침이 흘러나왔다.

"사부님……."

＊　　　＊　　　＊

흑사파의 두령인 함두식은 이제 서른여덟 살이 된 사내로 어려서부터 밑바닥에서부터 거칠게 자라온 전형적인 뒷골목 인생이었다.

나름대로 자수성가(?)하여 흑사파를 이끌게 된 그는 삐딱한 눈으로 앞에 있는 독사를 노려보았다.

"먹고살 만하냐?"

독사는 거의 두 배는 부풀어 오른 뺨을 부여잡은 채 움찔거렸다.

"두, 두목……."

"일을 처리하라고 했더니 맞고 돌아오는군. 먹고살 만하지 않다면 결코 있을 수 없는 일이지."

"그, 그게 아닙니다."

독사는 변명하듯 말했다.

"태원루가 생각보다 쉬운 곳이 아닙니다. 아니, 그곳 주방에서 일하는 놈들 중에서……."

그는 말을 더듬더듬거리면서 어젯밤 백리휴와 있었던 일을 얘기했다.

비록 누군가에게 깨졌다는 말이 쪽팔리긴 했으나, 눈앞에 있는 성질 더러운 함두식에게 찍히는 것보단 나은 일이었다.

"그렇단 말이지."

그의 말을 다 듣고 난 뒤 함두식은 얼굴을 굳혔다.

독사는 한마디로 독종인 놈이다.

그런 놈이 반항조차 제대로 못하고 깨졌다는 건 상대가 그만큼 강하다는 의미였다.

"무공을 익힌 것 같다고?"

"그렇습니다. 형님도 제 실력 알지 않습니까? 웬만한 놈들

이면 다 썰어버리는 제 칼질. 하지만 놈에겐 전혀 통하지 않았
습니다."

함두식이 묻자 독사는 입에 거품을 물며 떠벌렸다.

조금은 과장되기는 했지만 전혀 거짓말은 아니었기에 듣던
함두식의 얼굴은 딱딱하게 굳어졌다.

"젠장! 어쩐지 일이 너무 쉽다고 생각했더니⋯⋯."

독사의 말처럼 주방에서 일하는 젊은 놈이 무공을 연성한,
그것도 고수라고 한다면 당연히 태원루를 포기해야만 했다.

그러나 포기하기엔 태원루가 아까웠다.

'그게 알짜 중의 알짜란 말이야. 태원루만 손에 넣으면 이
함두식의 인생이 활짝 피는 거지.'

태원루를 손에 넣기 공들인 게 하루 이틀이 아니었다.

이제 와서 포기할 수는 없는 일이었다.

'그렇군. 그가 있었어!'

함두식은 눈가에 희색을 떠올렸다.

그자!

자신이 아는 한 그자는 엄청난 고수였다. 적어도 이 서안에
서는 점창파와 화산파에 속하는 무인들을 제외한다면 그 어느
누구도 그를 꺾을 자는 없었다.

'흐흐⋯⋯. 지난 몇 달 동안 그자에게 술과 계집, 그리고 적
지 않은 은자까지 주어왔다. 이제야 그 효과를 보게 생겼군.'

그자가 비록 근본없이 떠도는 낭인이기는 해도 신세진 것은
반드시 갚는 자였다.

그러니 자신이 부탁한다면 결코 거절하지는 않을 것이다.

'녀석이 무공이 뛰어나다고는 하지만 그자를 능가할 수는 없을 터……'

그제야 느긋한 얼굴을 한 함두식은 여유로운 음성으로 말했다.

"독사, 지금 당장 나가서 그 자식에 대해서 알아와. 어디서 살며 뭐하는 자식인지를……"

"두목, 설마 치려는 겁니까?"

"내가 누구냐? 흑사파의 두목인 함두식이야! 그렇게 호락호락 당해 버릴 순 없지 흐흐……. 내가 본때를 보여주마!"

이를 드러낸 채 웃는 함두식을 보며 독사는 가슴이 덜컥 내려앉았다. 그것은 불길함이었다.

그렇다고 '안 됩니다, 두목!' 했다가는 그 결과가 어떨지 뻔히 아는 그는 고개를 떨굴 수밖에 없었다.

그리고 기어들어 가는 목소리로 말했다.

"알겠습니다, 두목……."

*　　　*　　　*

서문강.

그는 이제 서른다섯이 된 낭인이었다. 대개의 낭인이 그렇듯 그는 돈 되는 일이라면 무엇이든 다했다.

그러나 그 돈 되는 일에는 나름대로의 철칙이 있었다. 즉,

억울한 자는 안 건드리고, 과부와 여자는 박해하지 않으며, 노인과 어린애 등 약한 자들과는 싸우지 않는다는 것이었다.

그런 그가 자신의 쉬고 있는 이화원이라는 주루의 내실로 갑작스럽게 찾아온 함두식의 부탁에 곤란한 얼굴을 했다.

"청년이라고?"

힘두식은 그의 눈치를 살피며 말했다.

"그렇습니다. 그것도 놈이 고수인 터라 저희가 꼼짝도 못하고 있는 실정입니다."

"……!"

서문강의 짙은 눈썹이 찌푸려졌다.

눈앞에서 살살거리고 있는 함두식이 얼마나 쓰레기인지, 또한 그가 이끌고 있는 혹사파란 조직이 질 안 좋은 폭력조직임을 잘 알고 있는 그였다.

'진작 여기를 떴어야 했는데……. 그동안 받아먹은 게 있으니 안 된다고 거절하기도 어렵군. 끙…….'

정말 내키지 않았다.

어쩌다 보니 서안까지 흘러와 함두식에게 신세를 지게 된 점은 분명하다. 그러나 낭인들 중에서도 제법 먹어주는 명성을 지니고 있는 그가 일개 양아치나 다름없는 폭력배의 말을 들어주어야 한다는 그 자체가 마음에 들지 않았다.

사실 그가 서안에 들어온 것은 누군가의 보표가 되기로 계약이 되어 있어서인데, 대상자가 계약을 포기하는 바람에 이렇게 몇 달 동안 눌러앉게 되었다.

그러는 와중에 함두식을 알게 되어 그가 사주는 술과 돈까지 몇 푼 얻어 쓰다 보니 여기까지 몰린 것이다.

"너도 내 원칙을 알고 있을 거다."

나이로 따지자면 서너 살은 더 어린 서문강이다.

그럼에도 불구하고 그는 반말투였고, 함두식은 연신 고개를 조아렸다.

"물론입니다. 어찌 이 함두식이 서문 대협의 세 가지 원칙을 모르겠습니까? 하지만 지금 말한 그놈에게는 해당되지 않습니다."

"흐음……."

"일단 녀석은 여자도, 노인도, 어린애도 아닙니다. 내가 알기론 이미 스무 살이라고 하더군요. 더군다나 억울한 게 있으면 오히려 제가 더 억울하지, 그놈이 억울한 건 없습니다."

"그러니까 내가 가서 그자를 혼만 내주기만 하면 된다는 거로군."

'이왕 혼내는 김에 다리 하나라도 분질러주면 더 좋지.'

내심 이렇게 중얼거린 함두식이었으나 그는 이내 고개를 끄덕였다.

"눈물이 쪽 소리 나게 혼내주시면 뒷일은 제가 알아서 하겠습니다."

'독표(毒豹)가 어쩌다가…….'

서문강은 내심 혀를 찼다.

낭인들은 그를 가리켜 독표라고 부른다. 몸이 날래고 싸움에서 물러섬이 없다고 하여 표범이라고 하고, 성질이 지독히도 악착같다고 하여 독종이라고 했다. 독표란 그래서 생겨난 별호였다.

그 독표가 일개 뒷골목의 폭력조직을 이끌고 있는 두목의 성화에 천천히 몸을 일으켰다.

"그럼 앞장서게."

"소인 뒤를 따라오시면 됩니다. 서문 대협……."

그제야 함두식은 만면에 희희낙락한 기색을 떠올리며 냉큼 내실 바깥으로 나갔다.

'젠장, 천하의 독표가 이게 무슨 꼴이람.'

허름한 흑의를 걸친 채 함두식의 뒤를 따라 문 밖으로 나가면서도 마뜩치 않다는 표정을 하는 서문강이었다.

*   *   *

늦은 밤이 되어서야 집으로 돌아온 백리휴는 위룡전 안에 아무도 없음을 알고는 이내 다행이라는 얼굴을 했다.

"보아하니 돌아간 모양이로군."

방 안을 둘러보았다.

아무것도 변한 게 없는 방 안이었다.

"그러고 보니 그 여자가 너무 피곤한 나머지 어제 강짜를 부린 모양이로구나."

만약 아직도 그 정체불명의 여자가 있었다고 하면 굉장히 난처해졌을 것이다.

비록 그녀가 억지를 부린다고 해도 여자와 다투지 않는 그의 성격상 속앓이를 할 수밖에 없었는데, 이렇게 그녀가 사라지고 보자 오히려 그녀에게 고마운 마음까지 들었다.

"……!"

문득 백리휴의 눈썹이 찌푸려졌다.

그는 천천히 몸을 돌려 방문을 열려 밖으로 나갔다.

콰앙!

때를 맞추듯 대문이 거칠게 열리며 십여 명의 장한이 안으로 우르르 들어오는 것이었다.

선두에 서 있던 함두식은 마당으로 걸어 나오는 백리휴를 보며 큰 소리로 외쳤다.

"감히 네놈이 우리 애들을 건드렸다는 요리사 놈이냐?"

'흑사파인지 뭔지 하는 작자들인 모양이로군.'

대번에 무슨 일인지 파악된 백리휴였다.

그는 다소 굳은 얼굴로 함두식을 보며 입을 열었다.

"아무래도 당신이 두목인가 하는 작자인 모양이로군."

함두식은 커다란 웃음을 터뜨렸다.

"그렇다. 내가 흑사파를 이끌고 있는 함두식이다!"

"아무래도 당신은 수하의 말을 제대로 듣지 못한 모양이구려."

백리휴의 시선이 함두식 뒤쪽으로 향했다.

흑사파 대원들 틈에 있던 독사는 그의 눈빛을 받고는 창백한 안색이 된 채 고개를 푹 떨구었다.

'제, 젠장! 눈빛만 봐도 오금이 저리네. 불길해, 아무래도 불길하단 말이야……'

어제 자신과 함께 있었던 다섯 명은 부상을 핑계로 이 자리에 빠졌다. 자신 역시 그랬어야 했는데 함두식의 강요에 의해 억지로 끌려온 그였다.

함두식이 외쳤다.

"네놈이 무공을 조금 배웠다고 우리 같은 서민들에게 행패를 부리다니……. 오늘 네놈에 당한 것을 톡톡히 돌려주겠다."

마치 오랫동안 백리휴에게 억울하게 당해왔다는 듯이 소리치는 그였다.

흑사파가 서민들이라니 지나가던 개가 포복절도할 일!

백리휴는 담담한 눈빛을 했다.

"그래서 이 오밤중에 남의 집 문을 발로 차고 들어왔단 말인가?"

'이 자식 정말 센 모양인데……'

의외로 침착한 그의 모습에 함두식은 눈빛이 흔들렸으나 그는 이내 고개를 흔들었다.

"그, 그렇다! 오늘 네놈을 응징하려 고인 한 분을 모셔왔다!"

이렇게 외친 그는 등 뒤로 고개를 돌렸다.

"서문 대협 바로 이놈입니다."

흑사파 인물들 사이에서 한 명의 흑의인이 천천히 걸어 나왔다.

일반인보다 머리 하나는 더 크고 단단한 체구를 하고 있는 사내. 매우 강인해 보이는 인상의 소유자였다.

'돌덩이 같군.'

이것이 사내를 본 백리휴의 인상이었다.

흑의인이 물었다.

"그대가 저들을 괴롭혔는가?"

백리강은 어처구니없다는 얼굴을 했다.

"저놈들을 조금 때려준 것을 괴롭혔다고 묻는 거라면 당연히 그렇소."

흑의인은 '흐음' 거리는 기이한 신음을 흘렸다.

"아쉽군. 자네는 내가 세운 세 가지 원칙에 속하지 않는다네."

"세 가지 원칙……?"

"억울한 자, 과부와 여자, 노인과 어린애와 같은 약자를 건드리지 않는다는 규칙일세."

"당신은 내가 억울하다고 생각하지 않는 모양이군요."

"지금 자네가 말하지 않았나. 저들을 때린 게 자네라고……."

"그래서 저들을 대신하여 소생에게 따지려는 거요?"

"내키지 않는 일이네만 그렇게 되었네."

고개를 끄덕인 흑의인은 그를 주시한 채 무뚝뚝한 음성으로 말했다.

"무인들에게 더 이상 말은 필요없겠지. 내 이름은 서문강이라고 하네. 나를 아는 자들은 독표라고 부르지."

독표 서문강.

흑의인의 정체는 바로 그였다.

第九章

하인이라는 이름의 독재자

왕면
백
리
휴

어느새 서문강은 그를 마주보며 서 있었다.

이는 일대일 승부를 가리자는 의미.

문득 백리휴가 나직이 중얼거렸다.

"과연 그 말이 맞군."

서문강은 물었다.

"뭐가 맞는다는 건가?"

"내가 아는 어느 분께선 강호에서 은원이 갚기도 풀기도 어렵다고 했소. 당시는 그 말의 의미를 몰랐는데 지금 보니 과연 그런 것 같소. 한데 당신은 내가 무공을 익힌 걸로 보이는 겁니까?"

뜻밖의 말에 서문강은 당황한 표정을 했다.

"무공을 모른단 말인가……?"

그는 '이게 어떻게 된 거냐?'라는 눈빛으로 함두식을 돌아보았다.

함두식은 움찔거렸으나 이내 말도 안 된다는 듯 소리쳤다.

"서문 대협 놈의 말에 속지 마십시오! 저놈이 무공을 모른다면 왜 우리 애들이 일방적으로 맞았겠습니까? 저기 독사놈 얼굴을 보십시오. 저놈에게 맞아서 그런 겁니다!"

'젠장! 내가 무슨 견본이야?'

파랗게 멍든 채 평소보다 두 배는 두툼하게 불어올라 있는 독사의 얼굴이 실룩거렸다.

서문강은 고개를 끄덕였다.

"독사는 나도 알고 있지. 그의 무공이 별볼일없다고는 하지만 그래도 이류 정도는 되네. 그런 그를 저렇게 때렸다는 건 자네의 무공이 그보다는 위라는 뜻일 터. 안 그런가?"

"아까도 말했지만 그를 때린 것은 맞습니다. 다만……."

'그게 무공인지 아닌지는 나 스스로도 모를 뿐…….'

뒷말을 속으로만 중얼거린 백리휴는 입가에 쓴웃음을 떠올렸다.

"그렇다면 손을 쓰십시오."

서문강의 눈썹이 곤두섰다.

"내가 먼저 공격하란 말인가? 나 독표를 우습게 알 정도로 대단한 자부심을 가진 모양이로군. 지금 그 말을 곧 후회하게 해주지!"

말이 끝남과 동시에 그의 신형이 곧장 백리휴의 눈앞으로 쏘아져 갔다.

그의 우권이 지체없이 백리휴의 면상을 향해 날아갔다. 일체의 변식도 없이 무지막지하게 내뻗는 주먹.

이것은 맹호권이라는 권법으로 변화보다는 파괴력을 극대화한 권법이었다.

백리휴는 눈앞으로 날아오는 주먹을 가만히 바라보다가 앞으로 한 걸음을 내디뎠다.

칠보.

일곱 걸음이면 세상의 그 어떤 것도 피한다는 이것이 펼쳐지자 서문강의 주먹을 빈 허공만 가르고 말았다.

"제법이다. 하지만 계속 피할 수만은 없을 것이네."

서문강은 연신 백리휴 앞으로 바짝 다가서며 주먹을 풍차처럼 휘둘렀다.

휘파파파!

무수한 권영이 폭죽처럼 떠올랐다.

그 하나하나에는 엄청난 위력이 실려 있어 살짝 스치기만 해도 천근의 바위는 가루가 될 정도였다.

'피하기만 하다간 끝이 나지 않겠구나.'

백리휴는 슬쩍 우수를 앞으로 뻗으며 부드럽게 원을 그려냈다.

이는 그가 거의 매일 수련해 왔던 무극팔로세 중의 한 동작이었는데, 그가 손을 휘두르자 서문강이 날린 권영들이 순식간에 흩어져 버리는 것이었다.

마치 한여름날 밤에 불을 향해 날아드는 날벌레들을 부채로 날려 버렸다고 할까.

"헛!"

서문강의 입에선 기이한 신음이 터져 나왔다.

자신의 맹호권은 희대의 절학은 아니지만 이제껏 수많은 적들을 패퇴시켜 왔던 권법이었다.

'그러한 맹호권을 단지 일수만으로 무력화시키다니……'

그의 얼굴이 뻣뻣하게 굳어졌다.

지금까지는 불과 오성의 공력을 사용했으나 이번엔 십성의 공력을 끌어올렸던 탓이다.

"조심하게! 타핫!"

그의 양 주먹이 폭풍처럼 뻗어 나왔다.

구과과과!

그가 전력을 다해 맹호권을 펼치자 그 위력도 위력이지만 윙윙거리는 파공음까지 흘러나와 자칫 스치기라도 했다간 그대로 박살 날 것만 같았다.

백리휴 역시 신중한 얼굴로 양손을 좌우로 쓸어갔다.

언뜻 보자면 그의 움직임은 서문강의 공격에 허둥대는 것처럼 보였는데, 그가 손을 휘두를 때마다 서문강이 날린 주먹들은 무산되는 것이었다.

퍽! 퍽!

백리휴의 손과 서문강의 주먹이 충돌할 때마다 폭음이나 꽝음 대신 다소 바람 빠지는 듯한 기음이 새어나왔다.

비유하자면 서문강의 주먹이 맹렬한 기세로 날려 오는 성난 황소와 같다면 백리휴의 손은 그 황소를 유인하여 밀어 버리는 투우사 같기에 그러한 소리가 흘러나오는 것이었다.

그러나 두 사람에게서 서로 다른 두 개의 힘이 흘러나오게 되자 바닥에 떨어져 있던 돌 등이 마치 태풍에 휘말린 낙엽처럼 허공으로 떠오르며 사방으로 팍팍 튕겨 나가는 것이었다.

'안 되겠군. 이러다간 집이 망가지겠다.'

백리휴는 튕겨 나간 돌들이 담벽 등에 틀어박히는 것을 보면서 난처한 기색을 했다.

결정을 내린 그는 숨을 들이마셔 아랫배에 잔뜩 힘을 주었다. 동시에 그는 반원을 그리듯 움직이며 앞으로 내뻗는 우수. 우공에게서 전수받은 풍혼탈백장이었다.

순간 서문강의 자신이 휘두르던 주먹이 알 수 없는 힘에 의해 상대의 손으로 끌려감을 느꼈다.

"허억……! 이… 이건……."

그의 입에선 당혹성이 터져 나왔다.

제대로 주먹이 움직여 지지 않았다.

바로 그 순간,

휘익!

백리휴의 우장이 곧장 그가 휘두르던 주먹 사이로 파고들더니 그대로 그의 왼쪽 뺨을 갈기는 것이었다.

쫘악!

"큭……."

머리가 어질할 정도의 지독한 고통.

서문강은 하마터면 옆으로 꼬꾸라질 뻔했으나 간신히 오른발에 힘을 주어 신형을 세웠다.

그게 실수였다.

이번엔 그의 오른쪽 뺨에서 불이 일었다.

짝!

이제껏 수많은 무인과 각종 싸움을 치러온 그였다. 때로는 목숨을 걸 만큼 위험한 전투도 있었다. 아니, 실제로 몇 번은 그러한 위기에서 죽을 뻔한 적이 한두 번이 아니었다.

가슴에 다섯 대의 활을 박고도 삼 일을 뛰어야 했으며, 등에 찍힌 도끼를 뽑지도 못한 채 포위한 수백 명의 적과 혈전을 벌인 적도 많았다.

그러나 그때도 지금처럼 고통스럽지 않았다.

아픔이란 육체적으로나 정신적으로 느끼는 고통을 의미하는데, 맹세코 말하지만 지금 백리휴에게서 맞은 따귀만큼 아픈 적은 단 한 번도 없었다.

불과 따귀 두 대였지만 버티기 힘들었다.

우당탕!

설명은 길었지만 그의 거구가 용수철에 튕겨진 것처럼 옆에 있던 담벼락으로 날아가 그 아래에 꽈당 처박힌 건 순식간에 벌어진 일이었다.

그의 거구가 부르르 떨리더니 이내 잠잠해진 것으로 보아 그대로 기절해 버린 게 분명했다.

독표 서문강.

낭인들 사이에서도 손꼽히는 고수인 그가 놀랍게도 고작 싸대기 두 방에 나가떨어지고야 만 것이었다.

'허걱! 서, 서문강이… 독표 서문강이…….'

뒤에서 바라보고 있던 함두식은 입을 쩍 벌렸다.

독표 서문강이라고 하면 낭인들뿐만 아니라 웬만한 중소문파의 중진들도 한 수 양보한다는 고수였고, 함두식 같은 자들에겐 그야말로 신과 같은 절대적인 존재였다.

그야말로 신앙과 같은 서문강이 백리휴에게 싸대기 두 대를 맞고 꺼꾸러지고야 말았으니, 그의 심장을 벌렁벌렁 거렸고 안색은 삽시간에 썩은 돼지간처럼 푸르죽죽하게 일그러졌다.

그건 다른 흑사파 대원들도 마찬가지였다.

다만 독사만은 '내 저럴 줄 알았지'라는 표정을 지을 뿐이었다.

"……."

백리휴는 천천히 함두식에게로 고개를 돌렸다.

'히익! 튀… 튀어!'

그의 시선을 받자 함두식과 흑사파 대원들은 머리카락이 쭈뼛 곤두설 정도로 놀라며 잽싸게 몸을 돌려 문을 향해 도망쳤다.

백리휴의 음성이 들려온 것은 바로 그때였다.

"만약 내 허락없이 그 문을 나서는 자가 있다면 그놈부터 내게 뺨을 맞을 각오를 해야 한다.”

그들은 벼락이라도 맞은 것처럼 그 자리에서 우뚝 멈춰졌다.

백리휴가 그들을 보며 조용히 말했다.

“아무래도 내 말이 제대로 전해지지 않은 것 같소. 그러니 내가 직접 해주지. 직접…….”

그는 천천히 한 손을 치켜들었다.

달빛에 반사되어 그의 손바닥에 하얗게 보였다.

철썩! 쫘악! 짝!

“크아악!”

“으악!”

“컥!”

생가죽을 쳐대는 소리와 함께 절규와 같은 요란한 비명성이 차례로 밤하늘에 울려 퍼졌다.

이 일대를 장악하고 있는 흑사파의 두목인 함대식은 물론이고, 그의 강요에 의해 따라왔던 십여 명에 이르는 흑사파의 대원들은 모두 바닥에 쓰러진 채 입을 거품을 물고 있었다.

두 눈을 까뒤집은 채 밤하늘을 바라보고 있는 그들의 모습은 틀림없이 기절한 것이었다.

그 증거로 그들의 뺨은 파랗게 멍든 채 두 배쯤 부풀어 올라 있었다.

독사.

흑사파의 서열 삼위는 그는 사지를 부들부들 떨며 모두 기절해 버린 자들 한가운데 서 있었다.

어느새 그만 홀로 남은 것이다.

백리휴가 말했다.

"내가 가서 말을 전하라고 했는데 제대로 안 된 모양이로군."

독사가 화들짝 놀라며 소리쳤다.

"아, 아닙니다요. 난 틀림없이 소협의 말씀을 전했는데 두목이 아니, 함씨가 순전히 자기 마음대로 우리들을 끌고 와선……."

"……."

"흑흑, 제발… 용서해 주십시오……."

마침내 눈물까지 뚝뚝 흘리는 독사였다.

사실 이해할 수 없는 일이다. 뒷골목에서 살아온 그에게 칼침 몇 방 맞는 것도 두려워하지 않건만 고작 백리휴에게 뺨을 맞지 않기 위해 닭똥 같은 눈물을 흘리다니…….

후일 독사는 이때의 상황을 떠올리며 이렇게 얘기하곤 했었다.

"안 맞아본 놈들은 몰라! 따귀가 얼마나 아픈지. 아니, 따귀가 아픈 게 아니라 그 자식이 날리는 따귀만 돌아 버릴 정도로 아팠단 말이야!"

백리휴는 위로 들었던 손을 내렸다.

"좋아. 그대에게 한 가지 일을 맡기지. 이들이 깨어날 때까지 여길 지켜야 할 것이다. 깨어난 뒤엔 조용히 데리고 가도록. 절대 내가 자는 데 방해해서는 안 된다는 걸 명심하고……."

"조, 존명……."

독사가 자신이 뺨에 맞지 않았다는 사실에 감격하며 바닥에 납작 엎드렸다.

백리휴는 고개를 끄덕이더니 이내 방 안으로 들어갔다.

"이히유……."

독사는 엎드린 채 그가 방문을 닫고 완전히 들어가자 그제야 길게 한숨을 내쉬었다.

"니미랄. 그러게 그냥 가만있으면 된다니까."

괜시리 부아가 치밀어 올랐다.

"에라, 인간아!"

그는 냅다 바닥에 쓰러져 있는 함두식의 옆구리를 걷어찼다. 죽다 살아온 심정이었다.

*　　　　*　　　　*

어둠 속.

달빛마저 숨죽인 그곳에서 한 가닥 말소리가 흘러나왔다. 부드러우면서도 알 수 없는 위압감마저 주는 그런 목소리.

"어찌 되었느냐?"

앞에서부터 여인의 목소리가 들려왔다.

"모든 준비는 마쳤습니다. 이미 많은 자들이 축하하기 위해 그의 표국에 모여 있습니다."

끈적하면서도 요사스럽게 느껴지는 음성이었다.

"아미파와 화산파, 점창파를 비롯한 주위의 군소방파에서도 오는 게 확실한 이상 더없이 좋은 기회가 될 것입니다."

예의 목소리가 다시 들려왔다.

"오랜 시간과 노력을 들여 이번 일을 추진해 왔다. 결코 실패는 있어서는 안 될 터……."

"알고 있사옵니다. 그랬기에 독유(毒儒)로 하여금 알아서 처리하도록 했습니다."

"그럼 확실하겠군. 독유라면 독에 관한 최고이니, 삼면무쌍유일존이 없는 이상 그의 독수를 피해낼 자는 없겠구나."

"물론입니다. 게다가 삼면무쌍유일존 그 늙은이는 북해에 있다고 파악되고 있습니다. 그러니 그가 끼어들 수는 없는 일. 한 달 뒤면 잔칫날이 장례식이 될 것입니다. 호호……."

생각만 해도 즐거운 듯 요사스런 웃음이 어둠 속에서 흘러나왔다.

처음 들려왔던 목소리의 주인은 더욱 은밀히 말했다.

"신중히 처리해야 한다. 놈들은 모두 죽이되 신생아만큼은 우리가 데리고 와야 한다."

"명심하고 있습니다."

"희생은 안타까운 일이나 군림의 위업을 달성하기 위해선 어쩔 수 없는 일! 혈요(血妖)! 반드시 일을 성공해야만 한다."

"존명······."

그것으로 끝이었다.

두 사람의 목소리는 더 이상 들려오지 않았다.

구름 속으로 얼굴을 감추었던 달이 그제야 얼굴을 슬그머니 내밀었다.

대체 여기서 무슨 일이 있었던가?

＊　　＊　　＊

묘시.

습관처럼 자리에서 일어난 백리휴는 방문을 열고 밖으로 나갔다.

그리고 보았다.

위룡전을 향해 무릎을 꿇은 채 앉아 있는 한 사람을.

독표 서문강이었다.

아니, 그만이 아니었다. 다시 그의 등 뒤로는 함두식을 비롯한 흑사파의 정예들이 마찬가지로 무릎을 꿇은 채 방에서 걸어 나오는 백리휴를 바라보고 있었다.

"왜 그러는 겁니까?"

백리휴는 살짝 얼굴을 찌푸렸다.

서문강은 굳은 얼굴로 말했다.

"나 독표 서문강은 이제껏 무수한 적들과 싸워왔소."

"……?"

"그들 중에는 당금 강호에서도 명성을 떨치고 있는 명숙들도 있었소. 그들의 무공은 실로 놀라운 것으로 나로서도 감히 감당해 낼 수 없을 정도였다. 하나……."

잠시 말을 끊고 백리휴을 바라보는 그의 눈빛이 뜨겁게 타올랐다.

"어제처럼 상대의 공격 단 두 방에 나가 떨어져 기절하기란 난생처음 있는 일이었소."

백리휴는 나직이 한숨을 내쉬었다.

"그것이 상처가 되었다면 용서를 구하겠습니다. 어제는 나 역시 화가 났던 참이라……."

"주인으로 섬기겠소."

"……?"

느닷없는 서문강의 말에 백리휴는 두 눈을 크게 떴다.

"그, 그게 무슨 말입니까? 누굴 주인으로 하겠다고요?"

서문강은 단호하게 외쳤다.

"바로 백리 공자요!"

"나를 말이오?"

"난 무공을 처음 익히던 첫날부터 한 가지를 맹세했소. 상대가 누가 되었던 날 감동시킬 정도의 패배를 안겨준 자라면 그 자를 주인으로 모시겠다고……!"

말이 끝남과 동시에 그는 넙죽 절을 했다.

"충심을 다해 모시겠습니다. 주인님!"

"아, 아니 난……."

백리휴는 황당하다는 얼굴을 했다.

아닌 밤중에 홍두깨라고 하지만 어젯밤만 해도 싸웠던 자가 하루아침에 자신을 주인으로 모시겠다니, 도무지 어안이 벙벙할 뿐이었다.

그는 가늘게 한숨을 내쉬었다.

"솔직히 말하자면 난 당신이 생각하는 것처럼 그리 대단한 존재가 아닙니다. 또한 밑에 사람을 거느릴 만큼 경제적으로도 풍족하지 않습니다."

그의 솔직한 심정이었다.

몰락하여 자신만 남은 가문이다. 자신도 겨우 태원루 주방에 취직하여 입에 풀칠하는 판에, 스스로 머리 숙이고 들어오는 아랫사람이라 한들 어찌 먹여 살린단 말인가?

"걱정하실 필요는 없습니다."

서문강은 고개를 저었다.

"주인님에게 누가 되지 않게 하겠습니다."

그는 자리에서 벌떡 일어서며 등 뒤에 앉아 있던 함두식을 비롯한 흑사파 정예들에게 소리쳤다.

"지금 당장 이 집부터 정리한다! 망가진 담과 마당의 잡초부터 뽑는다! 실시!"

"…존명……."

함두식을 비롯한 흑사파 정예들은 마지못해 대답하고는 몸을 일으켰다. 그러고는 이내 마당부터 청소하기 시작했다.

솔직히 말보다는 주먹이 앞섰고, 정직하게 살기보다는 남의 등을 치거나 협박을 하여 빼앗아 살아온 그들이었기에 이처럼 스스로 몸을 움직인다는 건 이제껏 생각해 본 적도 없는 일이었다.

그러나 독표 서문강이 눈알을 부라리며 바라보자 그들은 움직일 수밖에 없었다.

그들에게는 싸대기를 가차없이 날리는 백리휴도 무서웠지만 스스로 하인을 차정하는 서문표가 더욱 공포스런 존재였다.

"이것 참……."

전혀 예상하지 못한 일이 벌어지자 백리휴는 난감한 표정을 지었다.

하인이라니…….

그것도 독표란 불리는 서문강과 같은 뛰어난 무공을 지닌 무인이 하인을 자청하다니…….

누군가를 밑에 두고 부린다는 걸 상상조차 해본 적 없는 그였다. 고맙기보다는 왜인지 가슴이 답답하고 골치가 아파왔다.

'일단 출근은 해야겠지. 나중에 퇴근하고 와서 그때도 있겠다면 진지하게 토론해 봐야겠다.'

백리휴는 절레절레 고개를 흔들며 대문을 나섰다.

매일 아침 태원루로 가는 시각이다.

그리고 오늘은 면수로서 첫날을 시작하는 날이다.

비록 석 달 간의 임시직이긴 하지만······.

*　　　*　　　*

하석명.

아는 사람들은 구두쇠 하 노인, 혹은 수전노 하 노귀라고 부르는 그는 시내에서 작은 전당포를 운영하고 있었다.

일금방이라는 상호를 내건 전당포는 허름한 외양과는 달리 알짜 중의 알짜였고, 하석명은 당연히 서안 시내에서 가장 현금이 많은 자라고 할 수 있었다.

돈 버는 것만이 세상의 유일한 낙인 그에겐 몇 년 전부터 하나의 취미가 생겼다.

그것은 바로 식도락이었다. 여러 가지 음식을 두루 맛보는 것을 즐거움으로 삼는 일이라는 의미를 가지고 있는 식도락에 빠진 하석명이 근자에 들어 한 가지 고민이 생겼다. 그것은 자신의 즐거움을 만족시킬 만한 음식이 없다는 점이었다.

천하가 넓고 광활한 만큼 바닷가 모래알처럼 많은 게 음식이니 그가 만족할 만한 음식이 없다는 게 이상한 일이지만, 그것은 그가 즐겨먹는 음식이 바로 국수였기 때문이다.

본래 중국인들은 아침을 집에서 먹는 것보단 외식하는 것을 즐긴다. 또한 그 외식은 대부분 국수였는데, 하석명은 지난 몇 년 동안 서안 일대의 유명한 음식점이란 음식점은 다 돌아다

넜고, 그곳에서 내놓는 국수는 거의 맛보았다고 할 수 있었다.

'이젠 거의 먹을 것도 없어. 주루마다 내놓는 국수들은 모두 거기서 거기니…….'

천편일률적인 국수맛에 불만이면서도 하석명은 이른 아침에 태원루 주위를 기웃거리고 있었다.

마침 출근하고 있던 백리휴가 그를 보았다.

"누구를 찾으시는 겁니까?"

"아닐세."

백리휴가 다가가 묻가 하석명은 고개를 저었다.

"아침을 먹으려고 주루를 찾는 중이야. 적당한 곳이 없구만."

백리휴가 이상하다는 듯 고개를 갸웃거렸다.

"여기 태원루에서 내놓는 음식이 입에 맞지 않습니까?"

하석명은 다시 한 번 고개를 저었다.

"아니, 괜찮네. 태원루의 초마면은 오히려 명성이 약하게 느껴질 정도로 맛이 좋아. 하지만 자주 먹어서 그런가? 조금은 식상해졌지. 그래서 망설이고 있는 걸세. 들어가면 틀림없이 난 초마면을 시킬 테고, 또 그것을 먹어야 하니까."

"조금 다른 초마면도 있습니다만……."

"다른 초마면……?"

"주루에 들어가서 초마탕면을 시키시면 되실 겁니다. 드신다면 그리 후회는 하지 않으실 겁니다."

"초마탕면? 처음 듣는군. 좋아. 어차피 아침은 먹어야 하니,

한번 초마탕면을 시켜 먹어보지. 한데 자넨 태원루에서 일하
는가?'

"예, 주방에 있습니다."

"그래."

고개를 끄덕인 하석명은 이내 주루 안으로 들어갔다.

그가 들어가는 모습을 보고 난 뒤 백리휴 역시 서둘러 주방
안으로 들어갔다.

초마탕면을 만들기 위해서다.

그가 처음으로 손님에게 내놓을 초마탕면.

왜인지 가슴이 크게 두방망이질쳤다.

하석명은 밖이 보이는 창가에 앉아 있다가 자신이 주문한
초마탕면을 가지곤 점원을 보며 뜻밖이라는 얼굴을 했다.

"자넨 주방에서 일한다고 하지 않았나?"

점원은 백리휴였다.

그는 빙그레 미소 지으며 가지고 온 초마탕면을 탁자 위에
내려놓았다.

"소생은 태원루의 면수입니다. 손님께선 제가 면수가 된 첫
번째 손님이시면서 제가 만든 초마탕면을 드시는 최초의 손님
이십니다."

하석명은 놀랍다는 듯 눈을 크게 떴다.

"아직 약관도 안 된 것 같은데 그 나이에 벌써 면수란 말인
가? 아니지. 본래 태원루에선 오장명이 면수일 텐데……"

"어르신께서 다치셔서 당분간이지만 제가 대신하게 되었습니다."

"그런가? 아무튼 내가 처음이라니 영광이로군."

영광이라고는 말했지만 하석명의 표정은 그리 밝지 않았다.

그것은 노련한 면수인 오장명이 만든 초마면도 자신의 입에 맞을까 말까 한데 새파랗게 어린 애송이 면수가 만든 국수이니 틀림없이 몇 젓가락 들다 말고 내려놓으리라 생각했기 때문이다.

'오장명이 나을 때까지 당분간은 이 태원루로 오는 건 자제해야겠구만.'

내심 못마땅하게 중얼거린 그는 젓가락으로 면을 뜨더니 이내 입으로 가져갔다.

다음 순간, 그는 몸을 부르르 떨었다.

"대, 대체 이런 맛이라니……."

입안 가득 메우는 얼얼한 맛!

찰지면서도 쫄깃한 면발이 주는 식감!

그러면서 계속 먹게 만드는 국물의 뒷맛!

그것은 하석명이 이제껏 맛보지 못했던 새로운 맛이었다.

그는 마치 사흘은 굶은 사람처럼 허겁지겁 초마탕면을 먹는 것이었다.

이윽고 국물까지 깨끗이 비운 그는 그릇을 탁자에 내려놓으며 만족한 얼굴을 했다.

"아아……. 실로 대단한 맛이로군. 이 초마탕면은……."

"맛있게 드셨다니 다행입니다."

"맛 정도가 아닐세."

백리휴가 담담히 말하자, 하석명은 당치않다는 듯 크게 고개를 저었다.

"이 초마탕면은 내가 먹어 본 그 어떤 국수들보다 훨씬 좋았네. 이제까지 이런 면을 먹어본 적이 없었네. 대단하군. 이런 국수를 자네가 만들었다니……. 자넨 천재일세."

"과찬이십니다."

"천재 맞아."

갑자기 옆에서 웃는 듯한 말소리가 들려왔다.

총관 양만보가 그들에게 다가오며 씨익 웃어보였다.

"그 초마탕면은 나도 먹었지만 정말 대단하더군. 어젯밤에 잠자리에 누워서도 계속 초마탕면 밖에 생각이 나지 않았으니 말이야. 그런 국수를 만든 자네가 천재가 아니라면 누가 천재란 말인가?"

백리휴가 담담히 미소 지었다.

"양 총관님께선 괜한 말씀을 하시는군요."

"이봐, 백리휴. 내가 평생 동안 주루에서 살았네. 비록 음식은 만들지 못하지만 누구보다 맛은 잘 알고 있다고 생각하지. 자네가 만든 초마탕면은 내가 맛 본 국수 중에선 최고일세. 안 그렇습니까, 하노야……."

"자네 말이 옳으이! 적어도 한 달 안에 이 초마탕면은 서안의 명물이 될 거야."

하석명은 엄지손가락까지 치켜들며 입에 침을 튀겼다.

"이건 나 하 노귀가 장담하는 거니까 믿어도 되네!"

"감사합니다."

백리휴는 가볍게 얼굴을 붉혔다.

상대가 극찬을 하자 멋쩍은 생각이 들었던 것이다. 그러면서도 한편으로 기뻤다.

그것은 일종의 희열과 같은 감정이었는데, 그것은 그가 면수라고 자각했기 때문이었다.

돌아가신 할아버지 그랬고, 아버지 역시 면수였다.

이제 자신이 삼대째 면수가 되어 국수를 만들었고, 자신이 만든 국수를 손님이 맛있게 먹자 크게 기뻤던 것이다.

이렇게 그는 면수가 되어 첫 발을 디딘 것이다.

이십 일.

하석명의 장담처럼 초마면은 대박이었다.

처음 하루 이틀은 점원들의 권유로 몇몇 사람만 초마탕면을 먹었다. 그러나 그 이후로는 입소문이 나서 이십 일밖에 되지 않았음에도 태원루는 손님들로 꽉꽉 메워졌다.

"여기 초마탕면 둘……!"

"어서 가져와! 기다리다 죽겠다!"

"이게 초마탕면 맛이로구나!"

"우와……. 맛있다!"

주루 여기저기서 후루룩 쩝쩝 거리는 소리로 요란했다.

초마탕면의 인기는 실로 엄청난 것이었다.

그전까지 식사시간 때면 나가던 다른 음식들은 대폭 줄어든 반면 초마탕면의 인기는 폭발적이어서 엄청난 매출액을 기록했는데, 그것은 태원루에게 엄청난 금전적인 이익을 남겨주었기에 총관인 양만보는 매일 입이 찢어져라 웃지 않을 수 없었다.

"우하하하! 돈이다! 돈!"

안 그래도 불경기인 터라 요즘 들어 태원루의 매출액이 감소하여 울상을 지던 그였다.

"초마탕면이 우리 태원루를 살리는구나! 아니지! 백리휴! 자네가 태원루를 구한 걸세."

보는 이목만 없다면 백리휴에게 입이라도 맞출 기세였다.

백리휴는 초마탕면을 만드는 방법을 임호관과 석철에게 알려주었다.

그것은 자신이 밀려드는 주문을 처리하기엔 터무니없이 부족했고, 또한 자신이 없을 때엔 누구라도 초마탕면을 만들어야 하기 때문이었다.

덕분에 그에게도 약간의 자유가 생겼다.

그전까지는 자시가 되어야만 퇴근할 수 있었으나, 총관인 양만보가 쉬어야 한다면서 이젠 늦어도 해시가 되면 퇴근하게끔 배려했다.

그렇다고 해도 백리휴가 쉴 수 있는 건 아니었다.

'쉴 수가 없지. 언제부터인가 집은 내게 일터나 마찬가지가

되었으니까.'

백리휴는 태원루를 나서며 길게 한숨을 내쉬었다.

퇴근길이다.

보람찬 하루 일과를 마치고 집으로 돌아가는 길이건만 그의
발걸음은 천근만근 무겁기만 했다.

*   *   *

"오셨습니까?"

대문을 밀고 들어서기가 무섭게 익숙한 얼굴이 그를 맞이했
다.

허름한 흑의에 강인해 보이는 인상을 했으나, 왠지 양쪽 뺨
이 퉁퉁 부어 있는 삼십대 중반의 사내. 바로 서문강이었다.

"…예."

백리휴는 마지못해 고개를 끄덕였다.

그는 황급히 기거하고 있는 위룡전으로 걸음을 옮기려고 했
다.

그런데 서문강이 길을 비키지 않은 채 말했다.

"주인님! 한 수 지도해 주시기 바랍니다."

'또……!'

백리휴는 내심 암담한 신음을 흘렸다.

그가 집에서 쉴 수 없는 까닭은 바로 스스로 하인을 자청한
서문강 때문이었다.

지난 이십 일 동안 서문강은 흑사파 조직원들을 데리고 백리가를 청소하거나 집 안을 수리해 놓아 예전과 달리 번듯한 모양새를 갖추게 되었다.

과거에 비한다면 그야말로 인간답게 사는 꼴을 하게 되었다고 할 수 있었다.

하지만 문제는 서문강이었다.

그는 툭하면 대련을 청해 왔다. 바로 지금처럼…….

한 수 지도해 달라는 말!

지난 이십 일 동안 백리휴는 서문강의 도전을 받아들여 대련을 해왔다. 물론 그 결과는 그에게 싸대기를 맞고 매번 서문강이 기절하는 것으로 끝났지만…….

그것은 백리휴에게 매우 성가신 일이었고, 또한 서문강에게 미안하기도 했다.

'매번 누군가를 때린다는 것도 고역이다. 아무래도 오늘은 다른 방법을 찾아야겠구나.'

결정을 내린 백리휴는 서문강에게 말했다.

"오늘부터는 대련을 하지 않겠습니다."

서문강은 흠칫거리며 실망한 기색을 감추지 않았다.

"혹시 속하가 너무 약해서 그러시는 겁니까? 그건 너무 염려하시지 않아도 됩니다."

"물론 그것도 있습니다. 하지만 제가 보기엔 서문 대협께서는 대련보다는 제게 먼저 한 가지를 배우셔야 할 것 같습니다."

"무공을 알려주시겠다는 말씀이로군요."

서문강은 감격한 얼굴을 했다.

그는 '한 가지를 배워야 한다' 라는 말을 백리휴가 연성한 무공을 자신에게 전수해 주겠다는 의미로 받아들인 것이다.

본래 무공이란 타인에게 전해 주지 않는다. 한 가문의 일원이거나 혹은 사제지연을 맺은 등, 특수한 관계가 아니라면 타인에게 무공을 전수한다는 건 있을 수 없는 일이었다.

그런데 눈앞의 백리휴는 무공을 전해주겠다니 그가 감격하는 것도 무리가 아니었다.

'무공이 아니라 무극팔로세요. 우리 백리가의 체조……'

백리휴는 내심 고소를 머금었으나 이내 고개를 끄덕였다.

"그럼 후원으로 갑시다. 그리고 거기에 있는 자들도 모두 따라오시오."

그가 말한 자들은 바로 함두식을 비롯한 독사와 흑사파 정예 십여 명을 지칭하는 것이었다.

지난 이십 일 동안 하루도 빠짐없이 닦고 쓸고, 보수하는 등 고된 노동을 해왔던 그들인지라 백리휴가 들어왔음에도 한 구석에 처박혀서 쉬고 있는 중이었다.

그러니 백리휴가 오라는 말은 그들에겐 '쉬지 말고 일이나 해' 라는 것처럼 들릴 뿐이었다.

그러나 그들은 따질 처지가 아니었고, 그럴 만한 힘도 없었다.

그들은 도살장에 끌려가는 황소처럼 서문강의 뒤를 따라 후원으로 갔다.

후원.

서재와 조금 떨어진 나무 아래 백리휴는 서문강을 비롯한 흑사파 대원들이 정렬하는 모습을 보다가 문득 입을 열었다.

"이제부터 여러분들은 한 가지를 배워야 합니다. 그건 바로 무극팔로세라는 겁니다."

"무극팔로세……."

서문강은 생소한 듯 나직이 중얼거렸다.

백리휴는 고개를 끄덕였다.

"이 무극팔로세는 우리 백가의 구대조께서 만드신 것으로, 그분은 삼백 년 전 한때 천하를 호령하셨던 고수 중의 한분이셨다고 합니다."

"고수……!"

귀찮다고 듣고 있던 흑사파 대원들의 두 눈이 반짝 빛났다.

무극팔로세엔 관심이 없지만 그것을 만들었다는 백리휴의 구대조가 엄청난 고수였다는 사실에 흥미를 느낀 것이다.

'고수가 만든 무공이라면 평범하지는 않을 거 아냐.'

'그런 걸 우리에게 알려준다고……?'

'무극팔로세란걸 배우면 우리도 고수가 될까?'

문득 독사가 물었다.

"그런데 우리가 배워도 아무런 지장이 없는 겁니까? 전 제대로 된 내공도 없는 터라……."

"전 아예 내공은 익히지도 않았는데……."

"시끄럽다."

갑자기 서문강이 전신에서 엄청난 무게감을 뿜어내며 그들의 말들을 잘랐다.

"주인님께서 말씀하셨다는 건 아무런 지장이 없다는 뜻이다! 그러니 우린 그대로 따르기만 하면 돼!"

이십 일 전, 그러니까 서문강이 백리휴에게 깨져 그의 하인이 되기를 자처하기 전까지만 해도 함두식이 이끄는 흑사파와는 데면데면한 관계였다.

그 말은 곧 어느 정도는 그들을 존중해 주었다는 의미인데, 백리휴를 주인으로 섬긴 뒤부터는 그러한 관계는 깨끗이 사라졌고, 그들 위에 군림하다시피 하는 서문강이었다.

한마디로 하인인 주제에 독재자였다.

'젠장……. 완전히 정승집 개라니까.'

'힘이 없으니까 우리가 참는다.'

'힘만 제일로 치는 더러운 세상…….'

그에 대한 불만을 속으로만 궁시렁 대는 흑사파들이었다.

서문강은 그들을 찌릿 노려본 뒤에 다시 백리휴에게로 고개를 돌렸다.

"말씀하십시오, 주인님……."

백리휴는 담담히 미소 지었다.

"무극팔로세는 특별한 무공이나 내공이 없다고 해도 배울 수 있습니다. 몸에 아무런 무리도 가지 않고요. 틀림없이 제대로 몸에 익히면 여러분 모두에게 도움이 될 것입니다. 그럼 이제부터 제가 알려드릴 테니 따라해 주십시오."

이어 그는 그들에게 시범을 보이 듯 천천히 무극팔로세를 펼쳐 보이기 시작했다.

본래 그 움직임이 느린 무극팔로세였으나, 다른 자들에게 알려주기 위한 터라 백리휴의 행동은 보는 이들이 갑갑해 할 정도로 더뎠다.

그러나 서문강은 그런 그의 움직임을 머릿속에 각인시키듯 두 눈을 부릅뜬 채 바라보고 있었다.

대략 삼각 정도가 흘렀을까.

이윽고 백리휴가 모든 움직임을 멈추었다.

"적어도 한 달 이상은 이 무극팔로세를 연마하셔야 할 겁니다. 그저 평범한 체조인 것 같아도 쓸모가 많을 겁니다."

서문강이 불쑥 물었다.

"속하의 뺨을 때린 것도 이 무극팔로세를 이용한 것입니까?"

백리휴는 고개를 끄덕였다.

"다는 아니지만… 어느 정도는 그렇다고 할 수 있습니다. 그럼 이만……."

그는 이내 그들에게 도망치 듯 그 자리를 떴다.

서문강이 어느새 마음이 변해 대련하자고 할지 몰랐기 때문이었다.

사실 그가 서문강을 비롯한 십여 명에게 무극팔로세를 가르쳐준 것은 두 가지 이유에서였다.

첫 번째는 매일 서문강이 요구하는 대로 대련을 할 수 없다는 게 그 이유였고, 두 번째 이유는 흑사파의 조직원들이 빈둥거리며 노는 것보단 무극팔로세라도 수련하는 게 나을 것 같다는 생각에서였다.

"처음은 이 자세에서 시작했지."

서문강은 신중한 얼굴로 무극팔로세의 첫 번째 동작을 펼쳤다.

두 발을 어깨 넓이로 벌린 후, 두 팔을 자연스럽게 휘둘러 크게 원을 그려내는 것이었다.

그가 움직이자 나머지 흑사파 대원들도 따라서 무극팔로세를 수련하기 시작했다.

물론 백리휴가 연성하고 나면 도움이 될 거라는 말을 '익히고 나면 고수가 될 것이다' 라는 말로 받아들였기 때문인데, 의외로 무극팔로세 수련은 힘이 들었다.

채 이각도 되지 않아 그들의 이마에선 구슬 같은 땀방울이 뚝뚝 떨어졌고, 온몸이 땀에 절게 되었다.

'제, 제기…… 느리게 움직이는 게 힘들다는 건 오늘 처음 알았다.'

'내일부턴 두 번 다시 안 한다. 안 해……'

만약 이 자리에 서문강이 없었다면 벌써 도망쳤을 그들이었다.

그러나 지난 이십 일 동안 서문강에게 시달릴 대로 시달린 그들인지라, 자연 그의 눈치를 보지 않을 수 없었다. 그러니 죽을 맛이었다.

부왁!

누군가에게서 방귀가 터져 나온 것은 바로 그 시점이었다.

순식간에 장내로 퍼져나가는 방귀 냄새.

"허… 허허……. 미, 미안. 갑자기 왜 속이 안 좋지……."

두목인 함두식이 거북스런 웃음을 흘리며 얼굴을 벌겋게 물들였다.

방귀를 뀌다니, 한마디로 쪽 팔렸다.

"우욱……. 두목… 오늘 뭘 먹은 거요?"

"그러게. 이거 사람 잡겠네."

"이건 방귀가 아니라 차라리 독이요, 독!"

독사를 비롯한 흑사파 십여 명이 항의하듯 소리쳤다.

하지만 그들도 예외가 없었다.

부왁, 부왁, 북북…….

마치 보조를 맞추듯 연달아 터져 나오는 방귀들.

본래 무극팔로세를 수련하게 되면 체내에 쌓인 탁기가 방귀로 변해 배출하게 된다. 그 탁기가 많으면 많을수록 방귀 냄새도 비례하여 지독해 졌다.

삽시간에 후원은 시체 썩는 듯한 냄새로 가득 차게 되었고, 함두식을 비롯한 흑사파 대원들은 금방이라도 쓰러질 듯 전신을 휘청거렸다.

"뭐, 뭐야……? 이렇게 지독한 방귀를 우리가 뀌었단 말이야……?"

"으윽……. 주, 죽을 것 같소……."

그들은 창백한 안색을 한 채 괴로운 듯 연신 비틀거렸다.

그때 열심히 수련하고 있던 서문강의 움직임이 갑자기 정지되었다. 그리고 들려오는 소리 하나.

뽀오옹……!

얌전한 방귀 소리였다.

그러나 그것은 흑사파 대원들 전부를 합친 것보다 훨씬 지독한 냄새가 농축되어 있었다.

"커억……. 더 이상 못 참아……."

"크으윽……."

풀썩풀썩…….

흑사파 대원들은 기괴한 신음을 토하며 그 자리에 쓰러져 기절하고야 말았다.

서문강.

낭인들 사이에서 독종이라고 소문났기에 독표라 불린 그 역시 그 일행들 사이로 조용히 몸을 눕혔다.

콰당!

그가 쓰러짐과 동시에 하늘 위에서 뭔가 뚝 떨어져 바닥에 굴렀다.

푸더덕!

그것은 밤의 제왕이라는 부엉이였다.

아마도 야심한 시각에 사냥이라도 나왔다가 그들이 쏟아낸 방귀 냄새에 중독되어 떨어진 것 같았다.

이날 이후, 새들 사이엔 백리가 금지지역이 되었다.

이 모든 것은 서문강을 비롯한 흑사파 대원 십여 명이 무극팔로세를 수련한 첫날에 벌어진 일이었다.

第十章

인연비연(因緣非緣),
인연인 듯 인연이 아닌 듯

왕
면 백
리휴

정신없이 바쁜 점심이 조금 지났을 무렵.

"동생, 양 총관에게 가봐."

임호관은 설거지를 하고 있던 백리휴의 어깨를 툭 쳤다.

백리휴는 의아한 듯 그를 보았다.

"양 총관님이 왜 날?"

"그거야 난들 아냐? 그리고… 이젠 그 설거지는 다른 녀석들에게 하라고 해. 우리 태원루의 면수가 설거지라니 말이 되냐, 이게?"

"아직 임시일 뿐이데요."

"임시라도 면수는 면수야. 설거진 다른 녀석들에게 맡겨두고 양 총관님에게 가보거나 해."

"예, 호관이 형……."

대답은 했으나 백리휴가 주방을 떠난 건 설거지를 완전히 끝낸 뒤였다.

밖으로 나가는 그를 보며 임호관은 중얼거렸다.

"저 자식, 은근히 고집이 있다니까."

총관 양만보는 태원루 이 층에 있었다.

그는 서쪽 창가 탁자에 앉아 있었는데, 그 탁자에 앉아 있는 건 그뿐만 아니라 십여 명에 달하는 자도 있었다.

"부르신다기에 왔습니다."

백리휴는 양만보 앞으로 다가갔다.

양만보는 그를 보며 반색했다.

"내가 자넬 부른 건 맞네만……. 사실은 여기에 있는 분들 때문일세. 아! 자넨 이분들이 누군지 모르겠군. 이분들은 이 거리 일대에 있는 주루들의 총관들일세. 일단 인사부터 하게."

탁자에 앉아 있는 십여 명은 이 거리에 있는 주루들을 경영하고 있는 총관들이었다.

그런 총관들이 모두 태원루에 모여 있다는 사실이 의아했으나, 백리휴는 즉시 그들에게 포권을 했다.

"처음뵙겠습니다. 백리휴라고 합니다."

"초마탕면을 만든 면수가 누군지 했더니 자네로군."

"아직 약관도 되지 않은 것 같은데 벌써 면수라니……."

"어허, 대단하군."

총관들이 감탄했다는 듯 칭찬을 하자 백리휴는 가볍게 얼굴을 붉혔다.

"그저 임시일 뿐입니다. 오장명 어르신이 다치셔서 잠시 맡은 것입니다."

"초마탕면을 만들 정도면 단순한 임시 면수라고 하긴 어렵지, 암!"

"자자, 그렇게 얘기만 하고 있을 겁니까? 백리휴, 사실 여기에 계신 분들이 우리 태원루에 온 건 한 가지 이유 때문일세. 바로 자네가 만든 초마탕면 때문이지."

"초마탕면 때문이라고요?"

갑작스런 양만보의 말에 백리휴는 두 눈을 휘둥그레 떴다.

"말이 안 되는 것처럼 생각되겠지만 그 이유가 맞네."

태원루 옆에 있는 양화루 총관인 조총관이 휴우 하고 한숨을 내쉬었다.

"지난 한 달 동안 초마탕면이 대박을 치면서 태원루엔 손님들이 발 디딜 틈도 없을 정도로 많아졌네. 상대적으로 다른 주루들은 파리만 날릴 뿐이고……."

"그것이 공정한 경쟁이니 원망할 수 없다는 건 잘 알고 있네."

다른 총관 한 명이 무거운 어조로 그의 말을 받았다.

"하나 주루 경영을 책임지고 있는 우리 총관들 처지를 이해해 주었으면 좋겠네."

그의 설명대로 하자면 이랬다.

태원루에서 초마탕면이 대박을 치면서 상대적으로 다른 주루는 한산해졌고, 그로 인해 경영난을 입게 된 누주들이 총관들에게 압박을 가하기 시작한 것이었다.

"즉, 초마탕면과 같은 면 요리를 개발하라는 것이지. 하나 그런 음식이 하루 이틀 만에 만들어지는 것은 아니잖나."

"우리도 초마탕면과 비슷하게 만들어 내봤지만 그 맛이 영 아니더군."

다른 주루들 역시 초마탕면에 대항해 여러 가지 면 요리들을 내놓았으나 손님들의 반응은 신통치 않았다.

손님들은 '이거 초마탕면에 비교하니까 맛이 없구만' 이라거나 '에이, 요즘은 대세가 초마탕면이야' 라고 투덜거리며 발길을 돌리는 것이었다.

결국 방법은 한 가지뿐이었다.

"그러니까 우리에게도 초마탕면을 만드는 방법을 알려줄 수 없겠나?"

"염치없는 억지라는 것은 아네만……."

"그게 무슨 말도 안 되는 소립니까?"

그들의 말에 펄쩍 뛴 것은 양만보였다.

"초마탕면 만드는 방법을 알려달라니? 주루를 책임지고 있는 총관들이니 주루에서 만들어 내는 음식이 일종의 기밀이라는 건 다 알고 있을 터. 더 이상 말하지 맙시다."

딱 잘라 말했다.

사실 주루에서 만들어 내는 음식은 그 주루의 고유한 특색이라고 할 수 있었다.

초마탕면이 나오기 전까지 태원루의 대표 면 요리는 초마면이었다.

하지만 그 초마면은 널리 알려진 면 요리였고, 비록 다른 주루에 비해 더 맛있다고는 하지만 다른 곳 역시 못 만들 정도는 아니었다.

맛이 다소 차이가 있다고는 하나, 극소수의 미식가를 제외한다면 그리 차이를 못 느낄 정도였기에 다른 주루의 장사에 영향을 끼치지 않았던 것이다.

그러나 초마탕면만은 예외였다.

한번 맛본 자들은 다른 면 요리는 쳐다도 보지 않을 정도였다.

"우리가 오죽했으면 이러겠는가? 양 총관, 자네도 우리 심정을 잘 알 거라고 생각하네."

그들 중 제일 나이가 많아 보이는 노인이 통사정조로 말했다.

이 거리에 있는 주루들을 관리하는 총관들 중에서 원로격이라고 할 수 있는 서 총관이었다.

"우리가 억지란 것도 알고, 또한 이러지 말아야 한다는 것도 알고 있네만……. 이 상태로 한 달만 지나가면 우린 누주들에게 다 쫓겨나고야 말걸세."

"그렇다고는 해도……."

본래 총관들끼리는 결속이 강했다.

사실상 주루의 경영을 책임지고 있는 총관들이긴 하나, 그들의 목덜미를 쥐고 있는 건 전주(錢主)인 누주들이었다.

총관들이 달리 월봉은 없지만 주루의 매출액 중 일정액을 자기 몫으로 가져가기 때문인데, 그로 인해 누주들과 분란이 적지 않았다.

누주들은 보통 십분지 일로 되어 있는 총관들 몫을 낮추기 위해 각종 편법을 사용했고, 때론 폭력까지 행사하곤 했었다.

그런 누주들의 횡포에 맞서기 위해 총관들끼리 정기적으로 모임을 가졌고, 그들만의 규칙을 만들었다. 그래야만 총관으로서 살 수 있기 때문이었다.

양만보가 망설이자 뜻밖에도 백리휴가 고개를 끄덕였다.

"그렇게 하십시오."

명쾌한 대답에 총관들은 오히려 어리둥절해졌다.

"그, 그럼 초마탕면 만드는 방법을 알려주겠다는 건가?"

"아무런 조건 없이 말인가?"

"물론입니다. 여러분들께서 각기 자신의 주루에 속해 있는 면수들을 우리 태원루 주방으로 보내주십시오. 그러면 소생이나 다른 면수들이 초마탕면을 만드는 방법을 알려드릴 겁니다."

"아아, 고맙네."

"자네가 우릴 살렸어!"

총관들은 감격한 얼굴이 되었다.

사실 자신이 개발한 요리를 아무런 조건없이 선뜻 내놓는다는 건 부자가 황금을 버린다는 것과 똑같기 때문이었다.

불과 한 달 동안이지만 이 일대는 초마탕면의 열풍에 휩싸였고, 돈으로 환산하다면 천문학적인 액수였다.

그런데 그런 돈을 포기하겠다는 말이 아닌가.

그러니 그들이 감격한 것은 너무도 자연스런 일이었다.

"잘못했어."

총관들이 돌아가고 나서도 양만보는 얼굴을 잔뜩 찡그렸다.

"그들의 처지를 이해해서 초마탕면의 비법을 알려준다고 해도 그에 상응하는 대가를 받았어야만 하네."

백리휴는 담담히 미소 지었다.

"이미 받은 것이나 마찬가지입니다."

"무슨 소린가? 받았다니……."

"언뜻 보기에 우리가 초마탕면의 비법을 알려준 것이 손해처럼 보이지만 결과는 우리 태원루에게 많은 이득이 될 것입니다."

"왜? 어쩌서 그런 생각을 하는 겐가?"

"여기 주루들에서 모두 초마탕면을 내놓는다면 이 일대는 그야말로 초마탕면을 맛보기에 수많은 사람이 몰려들 것입니다. 처음엔 그저 이 부근에서만 모이겠지만 소문이 나면 천하 각처의 시인묵객들을 비롯한 유람객들이 모여들 터. 쉽게 말하자면 손님들이 많이 모여들 테니 자연 우리 태원루의 매출도 덩달아 늘어날 수밖에 없을 겁니다."

비유하자면 꽃 한 송이가 있으면 날아드는 벌은 한두 마리에 불과하지만 화단 전체라고 한다면 헤아릴 수 없을 정도로 많이 몰려든다는 말이었다.

"그도 그렇겠구만."

양만보는 수긍했으나 그래도 아쉬운 마음이 들었다.

"하지만 그랬다가 자칫 잘못하여 다른 주루들이 내놓은 초마탕면이 우리 태원루 것보다 더 잘나가게 되면 우리만 손해가 아닌가?"

"결코 그렇진 않을 겁니다."

백리휴는 빙긋 웃었다.

"무엇이든 원조라는 게 있으니까요. 입맛을 따지는 자들에겐 이 원조라는 명칭은 매우 특별한 게 될 테니까요."

그랬다.

무엇이든 광적인 것에 집착하는 자들에겐 '원조'라든지 '처음'과 같은 말엔 특별한 의미로 다가온다.

그것은 그들에게 있어 진짜 중의 진짜라는 의미였고, 더욱이 음식을 즐기는 식도락가들에겐 물리칠 수 없는 유혹이었다.

"그렇구만."

그제야 양만보는 무릎을 탁 쳤다.

"초마탕면은 많지만 그중에 진짜 초마탕면은 우리 태원루 밖에는 없지."

그의 얼굴은 언제 구겨졌냐 싶게 활짝 펴졌다.

벌써부터 그의 눈엔 태원루에 가득 차있는 손님들이 보이는 듯싶었다.

그는 뿌리째 총관인 것이다.

'후후······.'

그런 그를 보며 백리휴는 소리없이 웃었다.

*　　*　　*

펑!

"크윽······."

가슴에 일장을 맞고는 한 인영이 휘청거리며 뒤로 물러섰다.

푸른빛 유삼을 걸치고 있는 청수한 인상의 노인.

언뜻 본다면 고고한 선비를 연상케 하는데, 두 눈에 서려 있는 음유한 눈빛이 그의 성격이 심계가 깊은 인물임을 알게 해주었다.

"고작 삼장도 받아내지 못하는구나!"

청의노인 앞에서 무뚝뚝한 음성이 흘러나왔다.

흑의노인.

마치 삼국지에 나오는 장비가 환생했다고 할까. 육순에 이른 노인답지 않게 장대한 체구를 한 흑의노인이었다.

한데 흑의노인의 표정은 매우 무감각하여 마치 화석처럼 생각될 정도였는데, 그는 청의노인을 바라보며 차가운 어조로 입을 열었다.

"독유……. 오늘에서야 네놈의 죄 많은 목숨을 영원히 지상에서 지워주마."

청의노인 독유는 창백한 안색을 한 채 입가에 미소를 떠올렸다.

"흐흐……. 과연 도신들의 가문이라는 팽가 최강고수이자 무심도왕(無心刀王) 팽뢰(彭雷) 다운 실력이로군. 도도 아닌 단지 장만으로 날 이렇게 곤경에 처넣다니……."

"무심도왕 앞에 붙은 수식어가 바로 일견사(一見死). 상대가 마인이라면 날 보는 즉시 죽는다는 뜻이지. 독유 네놈도 오늘 일견사의 횡액을 피할 수 없을 것이다."

무심도왕.

절대팔왕 중의 일인이자 도의 군왕이라고 불리는 초극고수.

팽뢰라는 이름이 알려주듯 그는 도의 하늘이라는 팽씨세가의 인물로 가주인 도군자(刀君子) 팽우문(彭遇文)의 배다른 형이었다.

비록 적자만이 가주가 될 수 있다는 가법에 따라 가주의 자리는 동생에게 물려주었으나, 그는 팽가 최강의 고수였고, 당금 강호에서도 도에 관한 한 첫 손가락을 꼽는 도신이었다.

'젠장…… 명을 받고 여기까지 왔건만 하필이면 무심도왕과 마주치다니…….'

독유는 내심 욕설을 터뜨렸다.

모종의 이유로 여기까지 온 그였다. 그런데 숲에서 우연히 만난 자가 무심독왕 팽뢰였다. 이건 재수가 없어도 너무 없을 정도였다.

사실 자신과 무심도왕과의 무공은 서로 비슷하다.

그럼에도 싸우게 되면 일방적으로 팽뢰에게 깨질 수밖에 없는데, 그것은 그가 연성한 무공 때문이었다.

벽력혼원일기공(霹靂混元一氣功).

팽뢰가 연성하고 있는 이것은 극양지공의 최고봉이라고 할 수 있는 무공으로 독유가 익힌 앙천혈독공(殃天血毒功)과는 천적 관계라고 할 수 있었다.

앙천혈독공이 살아 있는 모든 생명체들은 한줌의 독수로 녹여 버리는 절대의 독공이기는 하나, 팽뢰가 연성한 벽력혼원일기공은 세상의 모든 독을 단숨에 태워 버리는 엄청난 화력을 지닌 터라 앙천혈독공이 그에게만 통하지 않는 것이다.

"독유, 이제 끝내기로 하자."

팽뢰는 서서히 우장을 들어 올렸다.

독유는 이를 악물었다.

"팽뢰, 네놈은 너무 설치는구나."

"당연히 네놈을 죽일 정도가 되니까."

"과연 그럴까?"

독유의 청의가 팽팽히 부풀어 올랐다.

몸에서부터 암울한 묵빛의 광망이 뿜어져 나오기 시작했는데, 앙천혈독공을 잔뜩 끌어올린 것이었다.

"앙천혈독공은 내겐 통하지 않는다."

팽뢰 역시 지체하지 않고 공력을 끌어올렸다.

우르르르릉…….

그의 몸에선 은은한 뇌성이 흘러나오기 시작했는데, 이는 벽력혼원일기공을 펼칠 때 나타나는 현상이었다.

"한 줌의 독수로 녹여주마! 앙천혈독공!"

독유가 일진의 외침을 터뜨리며 묵빛의 광망을 일제히 쏟아냈다.

묵빛의 기운이 지독한 비린내와 함께 곧장 노도와 같은 기세로 팽뢰의 전신을 덮쳐갔다.

"나 팽뢰의 손에 죽게 되었으니 지옥에 가서도 그리 억울하지는 않을 터."

팽뢰는 지체하지 않고 우수를 추켜세웠다.

쓰와아앙…….

그의 장심에서부터 뿜어져 나오는 한 줄기 강기.

그것은 점차 도의 형태로 바뀌었다.

무형도강.

무형의 진기를 유형화하여 만들어 낸 도강. 공력이 삼 갑자 이상의 초절정에 달하지 않고선 흉내조차 낼 수 없는 무형도강을 펼쳐낸 팽뢰는 그대로 허공을 휘둘렀다.

쓰와아앙…….

도강과 독공이 그대로 충돌했다.

콰앙…….

엄청난 폭음과 함께 독유의 신형이 삼 장 이상 뒤로 날아갔다.

단 일수였지만 팽뢰가 펼쳐낸 무형도강에 의해 패하고 만 것이다.

팽뢰는 신형을 날려 바짝 쫓아가며 소리쳤다.

"오늘 이 자리가 네놈 무덤이 될 것이다!"

"개소리!"

독마는 버럭 소리쳤다.

"네놈의 벽력혼원일기공이 제법 위력이 있다고는 하지만 내게도 한 가지 숨겨둔 재간이 있다. 앙천혈독공!"

그는 지체없이 허공에 뜬 상태에서 다시 한 번 앙천혈독공을 뿜어냈다.

좀 전보다도 더욱 짙은 묵광이 허공을 뒤덮으며 팽뢰에게로 뿜어졌다.

팽뢰는 냉소를 날렸다.

"고작 이 정도인가?"

쿠와아앙…….

그의 우수에서 귀청이 떨어져 갈 것 같은 뇌성이 터져 나왔다.

아까보다도 두 배는 더 큰 무형도강이 형성되며 독유가 날린 앙천혈독공을 쓸어갔다.

쿠왕! 쾅……!

앙천혈독공의 독기가 무형도강에 의해 날아가는 순간,

"팽뢰! 이것이 진짜다!"

독유는 좌측 소매를 떨쳐냈다.

파충!

그의 소매 안에서부터 한 줄기 빛이 허공을 갈랐다.

피하고 말고 할 틈도 없는 절대의 빠름.

"……!"

팽뢰는 흠칫 놀랐으나 펼쳐낸 무형도강으로 재빨리 자신을 향해 날아오는 섬광을 쳐 냈다.

콰앙!

화탄이라도 터진 듯 폭음이 일었다.

동시에 팽뢰의 전신이 크게 휘청거렸다.

퍼억!

그의 가슴에 틀어박혀 있는 어린애 손바닥만 한 크기의 철륜.

"이, 이건……?"

팽뢰의 눈빛이 크게 흔들렸다.

독유는 허공에 뜬 채 대소를 날렸다.

"프하하하! 팽뢰! 네놈의 몸에 박힌 것은 고금오대암기(古今

五大暗器) 중의 하나인 수라무인륜(修羅無刃輪)이다!"

"수라무인륜……."

"그렇다. 비록 네놈이 도검불침지신이라고는 하나 수라무
인륜의 위력은 당해낼 수 없는 일. 게다가 내가 수라무인륜에
백독의 정화인 백절독을 발라놓았다."

"백절독!"

"과연 궁금하구나! 네놈이 자랑하는 벽력혼원일기공으로
도 백절독을 태워 버릴 수 있는지……. 만약 할 수 없다면 네
놈은 한 줌의 독수로 녹아내릴 것이다! 아쉬운 건 내가 바빠
서 네놈의 죽음을 지켜볼 시간이 없다는 것이다! 잘 죽어라!
팽뢰!"

슈우우욱!

독유의 신형이 허공으로 쭉 올라가더니 이내 사라져 버렸
다.

"으음……. 내가 너무 방심했다."

팽뢰는 독유가 사라진 방향을 보며 무거운 신음을 토했다.

그는 가슴에 박힌 수라무인륜에게로 시선을 내렸다.

"수라무인륜의 위력이 놀랍기는 하나 다행히 내부가 다치
지 않았다. 하나……."

그의 입술이 조금씩 그 색깔을 잃고 파랗게 변색되어 갔다.

'놈이 발라두었다는 백절독의 독기가 빠르게 체내로 퍼지
고 있다. 최대한 빨리 운기하여 독을 몰아내지 않는다면 위험
해진다.'

독유의 백절독은 치명적이다.

그것은 적어도 자신이 아는 한 강호에서 해독약이 없다고 알려진 몇 가지 치명적인 극독 중의 하나였다.

"일단 안전한 곳을 찾아야만 한다."

그는 휘청거리는 걸음으로 앞으로 걸어갔다.

비틀거리기는 했으나 그가 움직이는 속도는 바람보다 빠른 것이었다.

휘리리릭……

*   *   *

"……?"

백리휴는 걸음을 우뚝 멈추었다.

그는 얼굴을 화석처럼 굳힌 채 집 앞을 바라보았다.

장대한 체구의 한 노인이 금방이라도 쓰러질 듯 신형을 휘청거리며 서 있었다.

가슴에 철로 만든 듯한 둥근 원형 물체가 틀어박혀 있어 그로부터 검붉은 선혈이 흘러나오고 있었는데, 파리하게 질린 안색 위로 식은땀을 뻘뻘 흘리고 있는 노인은 바로 무심도왕 팽뢰였다.

"어디 아프신 겁니까?"

백리휴는 그에게 다가가며 물었다.

팽뢰는 다급히 말했다.

"내게 다가오지 마라."

"혹 독에 중독되신 겁니까?"

"독에 대해 아느냐?"

백리휴의 말에 팽뢰는 뜻밖이라는 얼굴을 했다.

자신이 독에 중독되었다는 사실을 안다는 것은 상대가 독에 대해 알고 있음을 의미하기 때문이었다.

"의원인가……?"

"그런 건 아닙니다만, 독이라면 어느 정도는 알고 있습니다."

"독에 알고 있는 정도 가지곤 어림없지."

다소 실망한 표정을 지은 팽뢰는 그를 보며 물었다.

"난 즉시 운기를 해서 독을 몰아내야 한다네. 조용한 곳이 있겠는가?"

백리휴는 잠시 그를 바라보다가 고개를 끄덕였다.

"그럼 저를 따라오십시오."

그는 이내 집 앞으로 다가가 대문을 열었다.

그가 집 안으로 들어가자 팽뢰는 지독한 고통에 이를 악문 채 그 뒤를 따라 들어갔다.

드륵…….

백리휴는 방문을 열고는 안을 가리켰다.

"여긴 제가 사용하던 방입니다. 매우 조용한 곳이니 여길 사용하시면 되십니다."

"……."

묵묵히 고개를 끄덕거린 팽뢰는 성큼 방 안으로 들어갔다.

그는 백리휴가 사용하던 침대 위에 올라가 가부좌를 틀고 앉았다.

"내 허락 없이는 아무도 들어와서는 안 되네."

"알겠습니다."

백리휴는 조용히 방문을 닫고 나갔다.

그제야 팽뢰는 천천히 공력을 끌어올려 운기를 시작했다.

쓰우우우…….

그의 몸에서 은은한 운무가 흘러나오더니 삽시간에 방 안에 자욱이 덮는 것이었다.

'강호인이라……?'

백리휴는 방문을 보며 기이한 표정을 지었다.

불과 이 년 전까지 백리가에서 조용히 살던 그였다.

그러나 우연히 만난 우공으로 인해 그의 무공까지 배우게 되었고, 하마터면 모극렬과 동곽에 의해 죽을 뻔한 위기를 넘기기도 했었다.

'그 이후로는 별다른 일이 없었지. 비록 서문강 등이 우리 집에 있기는 하지만…….'

기이한 기분이 들었다.

좋지도 혹은 나쁘지도 않은 기분인데, 다만 왜인지 모르겠지만 지금까지처럼 여유롭게 지내지 못할 것만 같았다.

"아시는 분이십니까?"

어느 틈엔가 서문강이 그에게로 다가왔다.

백리휴는 그를 보며 고개를 저었다.

"아닙니다."

"평범한 노인은 아닌 듯싶습니다."

'강호인 치고 평범한 자들은 없을 테니까요.'

백리휴는 내심 이러한 생각을 떠올리며 쓴웃음을 지었다.

"그냥 며칠 정도 쉬어가는 분이라고 생각하면 될 듯합니다. 그리고 안에 계신 노인께서 나오실 때까진 아무도 들어가지 말도록 주의해 주십시오."

"주인님이 명이라면 속하는 따르도록 하겠습니다."

"한데 성과는 많이 있었나요?"

충직한 노복처럼 말을 하는 서문강이 불편한 듯 슬쩍 말을 돌리는 백리휴였다.

무극팔로세를 묻는 말이었다.

서문강은 멈칫거렸는데 난처한 기색이 역력했다.

"그, 그게… 아무래도 저희와는 맞지 않는 것 같습니다. 수련만 하면……."

그가 말꼬리를 흐리자 짐작했다는 듯 백리휴가 말했다.

"방귀가 나온다는 거죠."

"그, 그렇습니다. 그것도 냄새도 맡지 못할 만큼의 지독한 거라……."

"그럼 모두들 제대로 무극팔로세를 수련하지 못했겠군요?"

"그, 그게 수련은 하고 있습니다. 어찌 된 일인지 한 번 무극팔로세를 하니까 매일 하게 되더군요."

"하하! 아마도 그게 무극팔로세의 가장 큰 장점이라고 할 수 있을 겁니다."

낭낭한 웃음을 터뜨린 백리휴는 서문강에게 말했다.

"모두들 제게 오라고 말씀해 주시지 않겠습니까?"

서문강이 즉시 대답했다.

"그들은 아마 후원에 있을 겁니다."

서문강의 말처럼 후원엔 이미 함두식을 비롯한 흑사파 대원들이 무극팔로세를 수련하고 있었다.

후욱……. 후욱…….

숨을 고르게 몰아쉬며 한 동작 한 동작 펼치고 있는 그들.

이미 그들의 전신은 땀으로 흠뻑 젖은 상태였다.

사실 그들은 첫날 무극팔로세를 펼치고 난 뒤 두 번 다시 그짓을 안 하려고 했다.

그런데 그 다음 날이 되자 매우 불안해졌고, 초조해 지기까지 했다. 마치 뒷간에 가서 잔뜩 싸놓고선 뒤를 안 닦고 나온 그런 기분이랄까.

'그때 알았지. 이 무극팔로세인지 지랄인지가 마약이나 다름없다는걸.'

'힘은 들지만 하고 난 뒤에 지독히도 기분이 좋아지니까.'

'이걸 좋다고 해야 하나 나쁘다고 해야 하나……?'

그들의 말처럼 무극팔로세는 마약이었다.

한 번 했으면 결코 마지막이 없는 게 무극팔로세였다.

결국 그들은 매일 밤마다 이렇게 달밤에 체조하듯 수련하는데, 가장 큰 문제는 역시 방귀였다.

'으으…… 여기서 조금만 더 움직이면 틀림없이 나올 텐데……'

'그렇게 되면 오늘도 틀림없이 기절이다.'

무극팔로세 수련의 마지막은 늘 그들이 기절하는 것으로 끝을 맺었다.

자신들이 낀 방귀 냄새는 그만큼 지독했던 것이다.

"모두들 멈춰."

그때 서문강이 백리휴와 함께 다가오며 나직이 소리쳤다.

흑사파 대원들은 그제야 수련을 멈추었다.

"모두들 수련하느라고 수고하는군요."

백리휴는 그들을 둘러보며 입을 열었다.

"여러분께선 무극팔로세를 수련하면서 한 가지 걱정이 있을 겁니다."

"그 걱정이 방귀인 거죠?"

함두식이 그의 눈치를 살피며 물었다.

백리휴가 고개를 끄덕였다.

"그렇습니다. 그러나 너무 걱정할 건 없습니다. 그건 체내에 쌓여 있던 탁기가 방귀로 배출되는 것이니까요."

"그 방귀가 탁기란 말씀이십니까?"

"맞습니다. 사실 저도 얼마 전에 알게 된 거죠. 무극팔로세를 수련하게 되면 일시적으로 지독한 방귀를 뀌게 된다는 사실을 말입니다."

그것을 알게 된 것은 우공 때문이었다.

매일 아침 밤마다 무극팔로세를 수련해야 한다는 우공의 충고에 따라 그는 하루도 빠짐없이 수련해 왔고, 얼마 전부터는 방귀도 뀌지 않게 되었다.

그것은 그가 몸속에 있던 탁기를 다 배출했다는 의미인데, 사실 그렇게 된 까닭은 떠나기 직전 우공이 추궁과혈로 그의 몸을 타혈시켜 주었기 때문이었다.

타혈이란 굳어 있던 혈도를 풀어준다는 것으로 무인이라면 일시에 공력이 크게 증강될 수 있는 기연이나, 공력이 없는 백리휴는 그저 건강이 좋아졌다고만 생각되었다.

"아!"

서문강을 비롯한 모든 사람들은 밝아진 얼굴을 했다.

사실 백리휴가 알려준 무극팔로세이니만큼 무슨 수를 쓰든 배우려고 했었다.

그런데 수련할 때마다 독이나 다름없는 방귀를 배출하게 되니, 크게 고민할 수밖에 없었다.

그런데 그게 일시적인 현상에 불과하다니 고민이 일시에 해결된 것이다.

독사가 다시 한 번 물었다.

"그렇다면 대체 그 방귀는 언제 더 이상 안 뀌게 되는 겁니까? 주인님…….”

언제부터인가 그들은 백리휴를 주인님이라 불렀는데, 그것은 순전히 서문강 때문이었다.

그들이 그를 ‘공자’라든지 혹은 ‘그분’등의 다른 지칭을 하게 되면 서문강은 항상 눈을 부라렸다.

독표 서문강이 낭인들 중에서도 알아주는 독종이란 걸 잘 알고 있는 흑사파 대원들은 그 순간부터 백리휴를 주인으로 부르기 시작했다.

백리휴는 담담히 미소 지었다.

“그것은 일정하지가 않습니다. 그 이유는 사람들마다 무극팔로세를 연성하는 개인차가 있기 때문입니다.”

“그 말씀은 먼저 완전하게 무극팔로세를 익히게 되면 더 이상 방귀를 안 뀌게 된다는 거로군요.”

“맞습니다. 하지만 단순히 연습만 해서는 안 됩니다.”

“……?”

“무극팔로세를 수련할 때 가장 중요한 건 그 동작 하나하나를 올바르게 펼치고 있느냐는 것입니다. 그러니 무극팔로세를 바르게 수련해야만 되는 겁니다.”

결국 내딛는 발걸음 하나, 휘두르는 손동작 하나에도 신경 쓰고 정확하게 수련하라는 말이었다.

정확한 수련.

가장 기초적이고 원론적인 말! 그러나 가장 수련하기 어려운 방법이기도 했다.

백리휴가 그들을 둘러보며 말했다.

"오늘은 내가 직접 여러분들이 펼치는 무극팔로세의 동작들을 봐주겠습니다. 물론 이상이 있으면 즉시 교정해 주고요. 그럼 모두 무극팔로세를 펼쳐보세요."

그의 말이 떨어지기가 무섭게 서문강을 비롯한 흑사파 대원들은 일제히 열을 맞춰 무극팔로세를 펼치기 시작했다.

지극히 느리게 움직이는 무극팔로세.

누군가 봤으면 웃음을 터뜨릴 법한 동작들이었으나, 그들의 얼굴은 진지하게 그지없었다.

백리휴는 천천히 그들 주위를 돌아다니며 동작이 틀린 자들의 몸을 교정해 주었다.

그렇게 반 시진을 펼쳤을까.

부왁! 북… 북…….

누군가 처음 방귀를 낀 것을 시작하여 연달아 방귀를 뀌는 것이었다.

바람조차 잠든 달빛만 교교한 밤.

혼신의 힘을 다해 무극팔로세를 펼치던 그들은 일제히 한 손으로 코를 잡은 채 그대로 바닥으로 넘어지고야 말았다.

콰당! 콰당!

언제나처럼 그들의 수련은 자신들이 낀 방귀에 자신들이 기절하는 것으로 끝을 맺고야 말았다.

백리휴는 나직이 중얼거렸다.

"다음부터는 수건으로 코를 막고 연습하라고 해야겠구나."

실로 담담한 음성.

그러나 그의 몸은 말처럼 담담하지만은 않았다.

패앵!

어느새 그의 몸은 순식간에 후원을 벗어났으니까.

날샌돌이 백리휴였다.

*　　　*　　　*

번쩍!

팽뢰는 감고 있던 두 눈을 떴다.

눈에서부터 강렬한 신광이 뿜어져 나왔다.

어느새 그의 가슴에 박혀 있던 수라무인륜도 빠져나와 그가 앉아 있던 침대 위에 떨어져 있었다.

"이제 어느 정도 독기는 눌렀다."

그는 손을 뻗어 떨어져 있던 수라무인륜을 집어 들었다.

이어 그는 방 안을 둘러보았다.

어제는 경황이 없어 자세히 살펴보지 않았으나 지금 보니 방 안은 매우 정갈하게 정리되어 있어 방주인의 성품이 어떤지를 알 수 있게 해주었다.

'글을 읽던 문사였던가? 아니, 독을 아는 걸 보면 의원인 듯도 싶고……'

고개를 갸웃거리던 그는 앉아 있던 침대에서 몸을 일으켰다.

드륵.

그는 천천히 방문을 열고 밖으로 나갔다.

아직 어둠이 깨지 않은 새벽이라 사위가 어두웠다.

"아, 이제 일어나셨군요."

그때 옆에서부터 나직한 말소리가 들려왔다.

위룡전 옆에서부터 백리휴가 보자기로 덮은 작은 밥상을 든 채 걸어오고 있었다.

"몸은 괜찮으신 겁니까?"

그는 위룡전 대청마루에다 밥상을 내려놓았다.

팽뢰는 대답 대신 그가 가지고 온 밥상에게로 시선을 던졌다.

"그게 무엇인가?"

백리휴는 밥상 위를 덮고 있던 보자기를 열었다.

"국숩니다. 그저 무를 우려내어 만든 거죠."

밥상 위에는 널찍한 그릇에 탕면이 담겨져 있었다.

일반적인 면발보다는 조금 넓어 보이는 면발. 맑은 국물과 함께 그 위를 덮고 있는 건 가늘게 채를 썬 무였는데, 무척이나 구수한 냄새가 풍겨나왔다.

그제야 팽뢰는 어제 하루 온종일 굶었다는 사실을 깨닫고는 입안에 침이 괴는 걸 느꼈다.

"설마 나보고 들라고 가져온 것인가?"

"그렇습니다만… 국수를 안 좋아하시나요? 그래도 조금은 드셔야 할 것 같습니다."

"그래야 할 이유라도 있나?"

"무는 먹게 되면 인체의 면역력을 강화시켜 줍니다. 다시 말해 해독 능력이 탁월한 채숩니다. 게다가 국물 속에는 들깨 가루를 뿌렸는데, 그것 역시 동일한 효과를 가지고 있습니다."

즉, 독에 중독된 팽뢰를 위한 국수라는 말이었다.

팽뢰의 무감각한 두 눈에 한가닥 이채가 떠올랐다.

"그렇지. 처음 보았을 때 내가 독에 중독된 것을 알더군, 자네는. 그런 자네가 만든 국수라……."

백리휴는 담담히 미소 지었다.

"소생은 면수입니다. 독에 중독되었든 안 되었든 때맞춰 국수를 내놓는 게 소생의 직업입니다. 국수를 다 드신 뒤에 그냥 놔두시면 처리할 자가 있을 겁니다. 그럼 이만……."

"어딜 가려는가?"

"좀 전에도 말했지만 소생은 면수라서요. 당연히 주루로 출근해야 합니다. 이따 퇴근 때 다시 뵙겠습니다."

그는 팽뢰에게 고개를 숙여 인사한 뒤 대문 밖으로 나갔다.

팽뢰는 그의 모습이 어둠 속으로 완전히 사라질 때까지 바라보다가 피식 웃고야 말았다.

"허허……. 면수라니, 도무지 이해가 안 되는 놈이로군."

대체 면수라는 게 왜 이해 안 된다는 말일까?

그러나 한 가지 확실한 것은 도무지 표정이 없어 무심도왕이라고 불리는 그가 웃었다는 사실이었다.

만약 이 자리에 다른 누군가가 있었다면 그야말로 아연경악하고도 남았을 일이었다.

"그럼 녀석이 만들었다는 국수 맛이나 볼까?"

그는 대청으로 가서 밥상 앞에 앉았다.

'독을 해독하는 성분이 있는 국수라……. 냄새는 그럴듯하군.'

그는 젓가락으로 면발을 집더니 이내 입으로 가져갔다.

순간 무감각해 있던 그의 두 눈이 동그랗게 변하며 앞으로 퉁 튀어나오는 것이었다.

"대, 대체 이런 맛이라니……! 이건 국수가 아니다!"

부르짖듯 외치며 그는 정신없이 국수를 먹기 시작했다.

후르르륵―

쩝쩝…….

무심도왕 팽뢰.

그의 표정은 더 이상 무심하지만은 않았다.

*   *   *

금룡표국(金龍驃局).

이 일대에서 가장 크면서도 가장 막강한 세력을 자랑하는 표국이었다.

사시 무렵,

백리휴는 응당 있어야 할 태원루 주방 대신이 금룡표국의 정문 앞에 선 채 건물을 물끄러미 바라고 있었다.

'양 총관님께서 말씀하시길 이 금룡표국에서 내일 탕면연(湯
麵宴)이 열린다고 했지. 결국 오늘부터 내일까지는 표국 안에
있을 수밖에 없겠군.'

탕면연은 말 그대로 탕면으로 펼치는 연회를 의미한다.

이는 신생아가 태어나서 한 달째 되는 날이 벌이는 잔치로
아이의 장수와 축복을 내리는 잔치라고 할 수 있었다.

'한데 탕면연이라면 응당 아이가 태어났다는 의미일 텐
데…… 좀 이상하군.'

그는 금룡표국 주위를 살피며 고개를 갸웃거렸다.

본래 한 집안에서 신생아가 태어나게 되면 의례적으로 대문
앞에 금줄을 걸어놓는다.

그러나 지금 금룡표국의 정문 앞에는 아무런 장식조차 없었
을 뿐만 아니라 응당 집 안이 시끄러울 정도로 떠들썩하게 마
련인데 너무도 조용했기 때문이었다.

그때 그런 그의 모습을 보며 정문을 지키던 무사 한 명이 퉁
명스럽게 물었다.

"누굴 찾아왔소?"

백리휴는 언뜻 정신을 차리며 무사에게로 고개를 돌렸다.

"전 태원루에서 왔습니다. 장만우 숙수님께서 저보다 먼저
오신 걸로 알고 있습니다만……."

무사가 뭐라고 대답하기도 전에 대문 안에서부터 반가운 말
소리가 들려왔다.

"아, 그럼 장 숙수님이 말씀하시던 면수이시군요. 어서 오세요."

대문 안에서부터 귀엽게 생긴 열서넛가량 되어 보이는 어린 시녀 한 명이 걸어 나왔다.

"백리휴 면수님이시죠? 장 숙수님께서 아까부터 기다리고 계세요."

백리휴는 빙그레 미소 지었다.

"안내해 주면 고맙겠소."

"절 따라 오세요."

시녀가 앞장서서 안으로 걸어가자 그는 그 뒤를 따라갔다.

표국 안은 넓었다.

폐가나 다름없지만 백리가 역시 컸는데, 금룡표국은 그보다 두 배 이상을 넓어보였다.

바닥에 놓인 잘 깎인 도로석과 곳곳에 자리 잡고 있는 반듯한 건물 등이 더더욱 표국을 넓어보이게 했다.

백리휴는 시녀의 뒤를 따라 주방 쪽으로 걸어가면 생각난 듯 물었다.

"한데 어쩨 아기 울음소리가 들리지 않는 것 같구려."

그의 말에 시녀는 우울한 얼굴을 한 채 한숨을 푹 내쉬었다.

"그럴 수밖에. 우리 아기씨가 울지를 못하는 걸요."

"……?"

아기가 우는 건 일종의 본능이라고 할 수 있다.

태어날 때는 말할 것도 없고 매사에 울음을 터뜨릴 수밖에 없는데 그것은 아기의 유일한 소통수단이 울음이기 때문이었다.

"울지 못하는 게 무슨 병 때문이라고 한 것 같은데… 아무튼 의원님들도 손을 들 정도였으니까요."

그제야 백리휴는 표국 내 분위기가 무거운 까닭을 알 수 있었다.

'하긴 갓 태어난 아기가 아프다면 좋을 수만은 없는 일일 테지.'

하지만 정말로 갓 태어난 아이가 병에 걸려 있다면 내일 탕면연을 연다는 건 있을 수 없는 일이었다. 본래 탕면연이란 신생아의 미래를 축복하기 위해 열리는 것이기 때문이다.

"하지만 이젠 괜찮으세요."

시녀는 갑자기 밝아진 얼굴을 했다.

"한 달 전부터 도통한 스님이 오셔서 아기씨를 치료하신 덕분에 많이 좋아지셨어요."

"다행이로군요."

그제야 백리휴는 담담히 고개를 끄덕였다.

"그분은 누구니?"

갑자기 앞에서부터 부드러운 여인의 목소리가 들려왔다.

그들 앞으로 두 명의 소녀가 천천히 걸어오고 있었다.

모두 십팔구 세쯤 되었을까.

한결같이 눈이 번쩍 트일 만큼의 아름다운 용모를 가진 미소녀들. 그녀들은 각기 백의와 황의를 걸치고 있었는데, 말을 건넨 소녀는 두 사람 중 황의소녀였다.

그녀는 음성만큼이나 부드러운 눈빛으로 시녀와 백리휴를 바라보았다.

"아가씨, 이분은 내일 연회에 사용될 국수를 만들기 위해 오신 면수세요."

앵앵은 등 뒤에 서 있는 백리휴에게로 고개를 돌렸다.

"인사하세요. 우리 금룡표국의 아가씨세요."

백리휴는 고개를 들어 앞을 바라보았다.

갑자기 그의 눈빛이 멈칫거렸다.

'저 소녀는……!'

앞에 서 있는 두 명의 소녀들 중 백의를 걸치고 있는 소녀는 언젠가 자신의 방에 하룻밤을 자고 나서 홀연히 사라졌던 정체불명의 그녀가 아닌가.

"엇! 당신……."

유상화는 백리휴를 보고는 놀란 음성을 했다.

황의소녀, 금영영은 그녀와 백리휴를 번갈아 보며 물었다.

"왜? 서로 아는 사이야?"

유상화는 황급히 고개를 저었다.

"아냐, 알기는. 그냥 다른 사람이랑 착각했나봐."

백리휴는 그제야 두 사람에게 인사를 했다.

"처음 뵙겠습니다. 태원루에서 온 면수 백리휴라고 합니다."

"그래요. 금영영이에요."

이때 한쪽 옆에서 그를 부르는 소리가 들려왔다.

"이봐, 백리휴! 여기일세!"

멀리 숙수인 장만우가 그를 향해 손을 흔들고 있었다.

백리휴는 그를 보며 고개를 끄덕이더니 다시 금영영에게로 시선을 돌렸다.

"그럼 이만 가봐야겠습니다. 꼬마 아가씨도 여기까지 날 데리고 와서 고맙고……."

마지막으로 시녀에게까지 인사를 하고 난 뒤 그는 이내 장만우가 있는 곳으로 걸어갔다.

유상화는 아미를 찌푸린 채 멀어져 가는 그의 뒷등을 주시했다.

금영영은 손가락으로 그녀의 옆구리를 쿡 찔렀다.

"말해봐. 저자와 무슨 관계가 있는 거지?"

유상화는 흥 하고 콧방귀를 날리며 말했다.

"관계는 무슨……? 그냥 저 녀석이 면수라는 것밖엔 몰라. 어서 사부님에게 가봐야지."

그녀는 여전히 의혹 어린 눈길을 던지 있는 금영영을 뒤로한 채 성큼 앞으로 걸어갔다.

처음 그를 만났을 때 크게 실망하여 인연이 아니라고 생각한 그녀였다.

그런 그를 뜻밖에도 여기서 만나게 되다니, 알 수 없는 것이 인연이리라.

'어쩌다 우연히 마주치게 된 걸 가지고 인연은 무슨……'

내심 고개를 저었다.

할아버지의 유언만 아니었다면 서안까지 올 일도, 폐가나 다름없던 백리가도 찾아갈 일도 없던 그녀였다.

그러니 그녀와 백리휴의 관계는 그 정도일 것이다.

인연비연.

인연인 듯하면서도 인연이 아닌 듯…….

그것이 어디로 흘러갈지는 오직 하늘만이 알 일이다.

『면왕 백리휴』 2권에 계속…

이제부터 전자책은

이젠북

www.ezenbook.co.kr

새로운 세계가 열린다!

서현 『조동길』　남운 『개방학사』　백연 『생사결』
목정균 『비뢰도』　좌백 『천마군림』　수담옥 『자객전서』
용대운 『천마부』　설봉 『도검무안』　임준욱 『붉은 해일』
진산 『하분, 용의 나라』　천중화 『그레이트 원』

이름만 들어도 황홀할 정도의 별들의 향연!

이들의 "유료연재"가 시작됩니다!

검색창에 **이젠북** 을 쳐보세요! ▼ 🔍

獨步行
독보행

FANTASTIC ORIENTAL HEROES

임영기 新무협 판타지 소설

그날, 심산유곡에서 수련하던
한 명의 소년이 강호로 내려왔다.

모든 이가 소년을 비웃고,
모든 무사가 그를 깔봤다.

소년은 흔들리지 않는다.
"이 천하를 독보(獨步)하리라!"

한번 시작한 걸음, 결코 멈추지 않으리라.
천하여! 무림이여!
대무영(大武英)이 간다!

Book Publishing CHUNGEORAM   WWW.chungeoram.com

ALCHEMIST

FUSION FANTASTIC STORY 시이람 **장편 소설**

2013년, 또 하나의 현대물이 깨어난다.
현대에서 펼쳐지는 연금마법진의 진수!

인간 최초의 9서클을 이룩한 마법사 아스란.
죽음의 위기에서 그가 남긴 유지가
차원을 넘어 지구에 떨어진다.

일리미트 비블리어시카(Illimite bibliotheca)!

그 무한한 힘과 지식을 얻게 된 김창준.
3년 전으로 돌아간 날을 기점으로,
삶이, 인생이, 그의 희망이 바뀐다!

**현대에 강림한 진정한 마법사의 전설!
끝도 없이 세상을 향해 날개를 펼치다!**

Book Publishing CHUNGEORAM

유행이 아닌 자유추구 -
WWW.chungeoram.com

무정철협

월인 新무협 판타지 소설

FANTASTIC ORIENTAL HEROES

「두령」, 「사마쌍협」, 「장흥관일」의 작가 월인
2013년 벽두를 여는 신무협이 온다!

삭초제근(削草制根)!
일단 손을 쓰면 뿌리까지 뽑아버렸다.

무정(無情)!
검을 들면 더 이상 정을 논하지 않았다.

그래서 나는 무정철협이 되었다.

진정한 협(俠)을 아는가!
여기 철혈의 사내 이한성이 있다!

「무정철협」

Book Publishing CHUNGEORAM

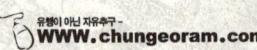

FUSION FANTASTIC STORY

천중화 장편 소설

세계 유일의
남자

역사를 목격한 적이 있는가.
지금, 세상을 뒤엎을 사내가 온다!

스포츠 만능에, 수많은 여인의 애정까지…
골프계를 뒤흔드는 골프 황제 김완!

그런데 이 남자의 향기가 심상치 않다.

할머니의 비밀과 부모의 죽음.
그에게 전해진 사건들이 이 남자를 뒤흔들고,
이제 그의 행보가 세상을 움직인다!

『세계 유일의 남자』

평범한 남자라고 생각했는가?
천만에! 이자는… 세계 유일의 남자다!

FUSION FANTASTIC STORY

죽은 자들의 왕

페리도스 퓨전 판타지 소설

공전절후! 쾌감작렬!
청어람이 선보이는 판타지의 신기원!

『죽은 자들의 왕』

대륙 최고의 어쌔신 길드 블랙 클라우드,
어느 날 내려진 섬멸 명령으로 인하여 하루아침에 멸망했다.

그러나……

"오랜만이다, 동생아."

어릴 적 헤어진 동생을 찾아 국경을 넘은 그레이너.
그러나 동생은 죽음의 위기를 겪고,
이제 동생의 모습으로 새로 태어난 그레이너가
모든 음모를 파헤치며 나아간다.

사라졌다 여겨진 전설이 끝나지 않고,
이제 대륙을 뒤흔드는 폭풍이 되리라!

Book Publishing CHUNGEORAM

유행이 아닌 자유추구 -
WWW.chungeoram.com

인기영 장편 소설

현대
강림
마스
터

FUSION FANTASTIC STORY

타고난 이야기꾼, 작가 인기영!
「현대 귀환 마법사」의 뒤를 잇는 새로운 현대물로 돌아오다!

한평생 빙의로 고생해 온 설유하.
그 빙의가 그의 인생역전을 이뤄줄 줄이야!

귀신을 다루는 사령술!
동물을 움직이는 조련술!
마검왕에게 사사한 검과 마법!

이계에서 찾아온 세 영웅의 영혼과의 만남.
그들이 전해준 힘으로
역사에 없던 '마스터'가 현대에 강림하다!

주목하라!
나 설유하, 마스터가 바로 여기에 있다!

Book Publishing CHUNGEORAM

유통이 아닌 자유추구
WWW.chungeoram.com

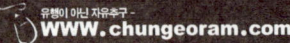